Do Lafz Aorr

Chintan

BlueRose ONE.com
Stories Matter
NewDelhi • London

BLUEROSE PUBLISHERS
India | U.K.

Copyright © Chintan 2024

All rights reserved by author. No part of this publication may be reproduced, stored in a retrieval system or transmitted in any form or by any means, electronic, mechanical, photocopying, recording or otherwise, without the prior permission of the author. Although every precaution has been taken to verify the accuracy of the information contained herein, the publisher assumes no responsibility for any errors or omissions. No liability is assumed for damages that may result from the use of information contained within.

BlueRose Publishers takes no responsibility for any damages, losses, or liabilities that may arise from the use or misuse of the information, products, or services provided in this publication.

For permissions requests or inquiries regarding this publication,
please contact:

BLUEROSE PUBLISHERS
www.BlueRoseONE.com
info@bluerosepublishers.com
+91 8882 898 898
+4407342408967

ISBN: 978-93-6452-431-5

Cover Design: Muskan
Typesetting: Sagar

First Edition: September 2024

मुखबंध

जिंदगी की बात जब आती है तब दुनिया में हर लोगों की एक अलग कहानी होती है। कभी कभी यह सोच आश्चर्य लगता है के इतनी सारी कहानियां कैसे बुनता है समय?

पर जब आप पास से देखो और हर कहानियों का विश्लेषण करो तो पता चलता है, कहानियाँ सारी एक जैसी होती हैं। बस स्थान काल और पात्र अलग अलग होते हैं।

यह पुस्तक ऐसे ही एक कहानी को कविता के आधार पर बताया गया है। जहां एक लड़का जिसका नाम आविष्कार हैं और एक लड़की जिसका नाम कल्याणी है वो समय के चक्र में और अपने अपने कहानी के पन्नों में मिले और अपनी कहानी खुद लिखी जब उन दोनों का नसीब एक दूसरे से जुड़ गया।

"काल इस पार्थिव संसार में सबसे बलवान है,
अंत की परवाह जो ना करे वही महान है,
कहानियां तो बुनती ही रहती हैं समय के हाथों,
कैसे सवाल करें उससे जो सर्ब शक्तिमान है।"

यह पुस्तक को मेरी पहली पुस्तक "अल्फ़ाज़ो ने सुनाई दास्ताँ " का दूसरा चरण कहा जा सकता है।

यह किताब मेरे परिवार और बंधुओं के सहयोग के बिना लिख पाना और लिखने के बाद दुनिया तक पहुंचा पाना मुमकिन नहीं होता। मैं दिल से सबको धन्यवाद कहना चाहता हूं।

सब समय का ही खेल होता है। कहानियां सबकी लिखी होती हैं हाथों की लकीरों में, बस सबको अपने हिसाब से कुछ फैसले लेने की सहूलियत होती है जिससे उनकी कहानियां थोड़ी सी अलग मोड़ लेती हैं। इसका यह मतलब नहीं के आपकी कहानी बदल गई, कहानी वही है, आरंभ और अंत वही है । तो जिंदगी का मन भर के आनंद लीजिए बस यही कामना है मेरी।

।।धन्यवाद।।

आविष्कार मिश्रा

ओडिशा के छोटे से कस्बे से आया लड़का अपनी पहचान

बनाने सपनों के शहर में।

उसने देखा बड़ी बड़ी इमारतें, उसने देखा इमारतों से भी बड़े लोगों में गुरूर,

उसने देखा गहरा समुंदर,

उसने देखा समुंदर से भी गहरा लोगों में जरूरत।

घर से दूर वो आया तो है सपने पूरे करने पर नयी जगह पर रहना भी तो अपने आप में एक बडी चुनौती है उसके लिए, फिर भी एक दिन घर और घरवालों की याद में आविष्कार लिखता है-

जब भी कभी यादों का पहरा होता है,
नजर के सामने बस तेरा चेहरा होता है,
दुल्हन के लिबास में नजर आती है तू,
और सर पर खुशियों का सेहरा होता है।

साँसें चलती रहती है
अकेला हूं और तन्हा भी,
रहने को ठिकाना नहीं तो ढूंढ रहा हूं पनाह भी।

इन्तेहा हो चुकी है इन्तेज़ार की,
अब एहमीयत नहीं मेरे करार की,
राह चलते हुए कुछ हासिल ना हुआ,
अब मौका है फैसला आर या पार की,
बेबस हूं बेपनाह भी, अकेला हूं और तन्हा भी।

आविष्कार गहरी नींद में है और सपने में वो देखता है एक खूबसूरत जन्नत जिसमें हर चीज खूबसूरत है, जहां वक़्त ठहरा हुआ है।

चाँद और सूरज एक साथ आसमान में दिखाई दे रहे हैं,
आसमान नीला और पीला दोनों दिख रहा है।
तभी वो देखता है एक सुन्दर अप्सरा जो हंसी के ठिठोली
बिखराते उसके सामने से गुज़री।

उसको सपनों में देख कर अविष्कार जाग जाता है और उठकर थोड़ा हंस कर, सर को खुजाते हुए पानी पीने के लिए उठता है, तो उसकी नजर उसके किताब की और पड़ती है, और वो उस ल़डकि को किताब में सम्भाल कर रखने का सोचकर लिखता है;

बंद आंखों से भी तू दिखाई दे,

नींद में भी तेरी धड़कन सुनाई दे,

एहसास करूँ मैं तेरा हर पल,

चाहे जितने भी मौसम जाये बदल,

हमेशा अपना साथ होगा,

हाथों में तेरा हाथ होगा,

मिल जाएँ हम नसीब से,

जुड़ जाएँ हम करीब से,

और ये मुलाकात देख,

चाँद तारे भी मिलकर बधाई दे,

बंद आंखों से भी तू दिखाई दे।

आविष्कार अपने दोस्त यूडी के साथ शाम को बैठा होता है,

दोनों छत पर बैठे यूँ ही बात कर रहे थे, के यूडी पूछता है

के, कभी तुम प्यार में नहीं पड़े?

अविष्कार कहता है, प्यारी चीजों से प्यार होता रेहता है मुझे,

प्रेम!

कभी ऐसे हुआ नहीं!!

यूडी ने मुस्कुरा कर कहा,

अच्छा तो यह प्रेम कब होगा?

इस पर आविष्कार कहता है,

जब ऐसी ल़डकि मिलेगी जिसके.....

चेहरे पर जिसके वो झलक सी हो,
जैसे जमीन पर निशान फलक के हो,
यह जो नजारा होगा,
कुदरत का एक इशारा होगा,
इबादत से भर जाएगी जिंदगी,
खुशी से भरा पल यह सारा होगा,
सारे सपने हो जाएँ पूरे,
और अनगिनत सपने पलक पे हो,
चेहरे पर जिसके वो झलक सी हो।

आविष्कार दिवाली पर कुछ नया कपड़ा और मिठाई खरीदने बाहर गया हुआ था, तभी बाजार में उसने एक चमकता चेहरा देखा, तो मुड़कर उसने ये देखने की कोशिश की के कैसे किसीका चेहरा इस कदर चमक सकता है,

तब उसने देखा ये चमकता कानों की बालियों से आरही है जिसको के एक बेहद खूबसूरत लड़कि ने पहन रखा है।

वो तो उसे देखता ही रह गया, खरीदी किए बगैर घर लौट आया ।

याद करते करते उसने लिखा:-

जब भी कभी यादों का पहरा होता है,
नजर के सामने बस उसीका चेहरा होता है,
दुल्हन के लिबास में नजर आती है तू,
और सर पर खुशियों का सेहरा होता है।

साँसें चलती रहती हैं और वक्त ठहरा रेहता है,
ऐसे ही नहीं प्यार गहरा होता है,
इंसान हर मुश्किल से गुजर जाता है,
जब भी कभी यादों का पहरा होता है।
सुकून हमें भी ना था, पर मजबूर हम भी थे,
ऐतराज़ हमें भी ना था, पर खामोश हम भी थे।

दूसरे दिन से अविष्कार फिर से उसी बाजार में घूमने लगा,

पर उस दिन वो ल़डकि नहीं दिखी,

तीसरे दिन फिर गया और फिर से उसकी नजरों को दीदार नहीं हो पाया,

चौथे दिन वो दिखी

इस बार सनम उसके साथ थी, सनम ने कहा

बात करो उसे:-

तो आविष्कार की हिम्मत ना हुयी,

सनम एक ल़डकि थी तो उसने बात करवाया,

बातों बातों में पता चला लड़की का नाम कल्याणी है,

वो महाराष्ट्र की रहने वाली है और यहां पढ़ाई के लिए आयी है,

अविष्कार और कल्याणी काफी बातें करते हैं,

और फिर कल्याणी को उसकी दोस्त बुलाती है तो वो अलविदा कहती है,

अलविदा कहते हुए आविष्कार के मन में चल रहा होता है:-

उनकी आंखों को पढ़ ना पाए,
अपना से किया वादा रख ना पाए,
वो थे शायद उम्मीद लगाए हमसे,
और उनपर हम खरे उतर ना पाए।

इसी वजह से शायद अलविदा कहना पड़ा,
हाथ से वक्त रेत सा फिसलता गया,
इल्म दूरियों का हमें भी ना था,
पर मशगूल हम भी थे,
सुकून हमें भी ना था, पर मजबूर हम भी थे।

जल्दबाजी में आविष्कार कल्याणी के बारे में उतना जान नहीं पाया,

दिवाली भी चली गई मुलाकात हो ना पाया, तब मायूस बैठ कर आविष्कार सोच में था,

और खुद को जिम्मेदार बता कर सोचा के उस शाम को उसको कल्याणी को रोक लेना चाहिए था,

और फिर वो लिखता है:-

कभी फुरसत में तुम्हें यह बतायेंगे,
अगर जो तू ना मिले तो क्या कुछ कर जाएंगे,
माना के तू है कशमकश में,
पर हम भी कशमकश में यूँ जी नहीं पाएंगे।

खैर हम तो आशिक है मिज़ाज से,
तेरे लिए जीना तक भूल जाएंगे,
पर जो तूने प्यार से पुकार भी लिया तो,
मौत के हसीन गालों को चूम कर वापस लौट आयेंगे।

दिन गुज़रते गए और अविष्कार की बैचैनी अब मायूसी का रूप लेने लगी थी,

छत पर अकेला बैठकर तारों को देखते देखते आविष्कार को एहसास हुआ के क्या उसे प्यार हो गया है?

अब वो अपने ज़ज्बात को काग़ज पर उतारने लगा,

चाहे कल हो या ना हो साथ,

जुड़ी रहेगी दिल से तुमसे हुयी हर एक बात,

वादा है ये तुमसे आज मेरा,

जुदा ना होगा दिल से नाम तेरा,

चाहे कल को फासले हों मिलों के,

पर हमेशा सपनों में होगी मुलाक़ात,

चाहे कल को हो या ना हो साथ।

आविष्कार को साहिल ने बुलाया था अपने दोस्त की शादी में,

आविष्कार का मन था नहीं, फिर भी वो माना नहीं कर पाया।

दोनों निकले एक साथ, शादी पर पहुंच कर आविष्कार ने कोना पकड़ लिया, और फिर सोच में डूबने ही वाला था कि पीछे से आवाज़ आयी,"थोड़ी सी जगह देंगे, मुझे जाने में दिक्कत हो रही है।"

आविष्कार ने मुड़कर देखा और देखता रह गया,

वो लड़की कल्याणी थी,

कल्याणी ने नजर उठाया तो दोनों की नजर मिल गई,

दोनों मुस्कुराए

कल्याणी जाने लगी तो आविष्कार ने हाथ पकड़ लिया और कहा;

तेरे आने से जैसे जिंदगी में जिंदगी छा गई,
तेरे वजूद से जान में जान आ गई,
हर पल तेरा ही हो एहसास,
जैसे तू हो हमेशा दिल के पास।

तेरी मौजूदगी जिंदगी में खुशी का मतलब समझा गई,
तेरे आने से जिंदगी में जिंदगी छा गई।

तुझसे अब है जन्नत मेरी,
तेरे बिना ना हो कोई मन्नत मेरी,
तेरी सूरत हमें, रब की मूरत् दिखा गई,
तेरे आने से जैसे जिंदगी में जिंदगी छा गई।

कहीं एक दिन आविष्कार को अपनी दोस्त केतकी दिखी,

वो हैरान हो गया, वो मिला केतकी से तो पता चला के मुसीबत का जैसे पहाड टूटा हुआ है बेचारी पर,

वो उसे घर ले आया,

शाम को उसकी कहानी सुनकर जैसे बाढ़ सी आ गई आविष्कार के आंखों में,

इतने में केतकी ने रोते हुए पूछा:

कितना मुश्किल है जीना,
घुट घुट के हर ग़म पीना,
कदम कदम पर बदनामीयाँ,
हर पल लाखों परेशानियां,
हर दर पर घुटने टेके,
हर पैरों पर है माथा रगडा,
किसीकी गुलामी की,
तो किसीका पैर पकडा,
किसी ने लात है मारी,
तो किसी ने सुकून छीना,
फिर भी घूमता तान के सीना,
गरीब बहाए खून पसीना,
सच में कितना मुश्किल है जीना।

आविष्कार और कल्याणी बाहर मिले,

बैठे, चाय की पहली घूंट पीकर जब आविष्कार ने ऊपर देखा तो कल्याणी उसे देखे जा रही थी,

हैरान होकर अविष्कार ने पूछा "ऐसे क्या देख रही हो?"

कल्याणी ने कहा

"क्या तुम मुझेपे भरोसा करते हो?"

आविष्कार ने कहा यह तो लड़कों का सवाल है,

फिर भी अगर भरोसे की बात उठाई है तो इसके एक शायरी याद आयी

जहां भरोसा है वहाँ सवाल नहीं,

जहां सवाल है वहाँ प्यार नहीं,

जहां प्यार है वहाँ आजमाइश नहीं,

जहां आजमाइश है वहाँ एहसासों की गुंजाईश नहीं,

जहां खुदगर्जी है वहाँ खुदा नहीं,

जहां खुदा है वहाँ बेवफाई नहीं,

जहां बेवफाई है वहाँ भरोसा नहीं,

जहां भरोसा है वहाँ कोई सवाल नहीं।

कल्याणी को कुछ दिन ना देख कर घबरा सा गया आविष्कार,

वो रोज उसके घर के पास जाने लगा,

एक दिन उसकी दोस्त रेणुका से उसकी मुलाकात हुई,

उसने रेणुका से कल्याणी के बारे में पूछा तो पता चला के, कल्याणी के दादी की तबीयत बहुत ज्यादा खराब होने पर वो घर गई हुई है कुछ दिनों के लिए,

यह सोच कर की फिर कब कल्याणी से मुलाकात होगी, आविष्कार लिखता है,

कहां है तू,
किस शहर में है तेरा घर,
जिंदगी में आकर बस जा मेरे,
और प्यार में मेरे दे जा असर।

तेरी ही बस राह देखूँ,
तुझे ही हर पल सोचूँ,
तुझे देखे बिना ना मिलेगा सुकून,
और दिल को तुझे खोने से रोकु।

कल्याणी को अपनी दोस्त से पता चला आविष्कार की परेशानी और बेताबी के बारे में, तो उसने एक चिट्ठी में, अपनी कहानी लिख कर भेजा भेजा,

और उसने बताया के हालात थोड़े में थोड़ा सुधार आते ही वो फिर वापस आएगी,

बस कुछ दिन और....

यह पढ़ कर एक लंबी साँस लेकर,

खत का जवाब देकर आविष्कार लिखता है;

जरा सुन जा, जरा सुन जा,

कभी तो मुझे समझ ले,

साँसों के साथ मेहसूस कर ले,

बस मेरे वजूद का एहसास कर,

और मुझे अपने अंदर जिंदा कर ले ।

जरा सुन जा , जरा सुन जा ।

जिंदगी यह बदल सी जायेगी,

खुशियों से और निखर सी जायेगी,

बस जुड़ जा साथ मेरे ऐ हमनवा,

हालात इन दिलों की सुधर सी जायेगी।

जरा सुन जा, जरा सुन जा ।

खत के जवाब में दूसरा खत आया जिसमें कल्याणी ने पूरा बात बतायी, के दादी के मौत के बाद चाचाजी की तबीयत इतनी खराब हुई के उनको बचाने के लिए कल्याणी ने अपने हिस्से की जमीन बेच कर उनकी जान बचायी,

इस चिट्ठी को पढ़ कर कल्याणी के लिए आविष्कार के मन में इज्जत और बढ़ गई,

उसने लिखा;

कौन हो तुम, क्या हो तुम,
कोई पैगाम या फरमान हो तुम,
कभी लगती जानी पहचानी,
कभी बिल्कुल अनजानी सी हो तुम।

मुश्किल है तुम्हें समझना,
बेमतलब है तुम्हें परखना,
कभी पहेली सी उलझी हुयी,
तो कभी सादगी की पहचान हो तुम।

तेरे वजूद की तलाश की,
तेरे प्यार की अरदास की,
पर कभी तुम मेरे साथ साथ,
तो कभी एक पल की मेहमान हो तुम।

कौन हो तुम, क्या हो तुम,
शायद कोई पैगाम या तो कोई फरमान हो तुम।

आविष्कार कल्याणी के लिए एक खत लिखता है, पर वो उसको भेजेगा नहीं।

उसकी तमन्ना है के, कल्याणी खुद वो खत पढ़कर आविष्कार को सुनाए, खत पढ़ते वक्त कल्याणी के आँखों में जो चमक आएगी वो देखना है आविष्कार को:-

तू है मेरी खुशी, तुझी से मेरी हसीं,

हर लम्हा तेरा खयाल, अंधेरी जिंदगी का तू एक लौता मशाल,

मेरी जान तुझी से जुड़ी, तुझी से मेरी सारी बेखुदी,

तेरा मेरी दुनिया में है इस्तकबाल,

तेरा ही तेरा खयाल, इन्तेज़ार करता रहूं साल दर साल।

कल्याणी के पूछने पर आविष्कार उसे बताता है की, कैसे छोटी छोटी चीजों से आविष्कार को खुशी मिलती है, कैसे उसको समझना बिल्कुल आसान है,

अपने बारे में वो कहता है,

मैं हूँ एक खुली किताब,

पढ़ना है आसान, समझना है मुश्किल,

अपनाना है आसान, ठुकराना है मुश्किल ।

काफी लोगों ने ख्वाहिश की ,

मुझे समझने की फर्माइश की,

मैंने उनसे बस यही गुजारिश की,

के शुक्रिया जो आपने यह आजमाइश की।

क्यूँ के मुझे पाना है आसान,

और खोना है मुश्किल,

मिटाना है आसान, पर बनाना है मुश्किल।

मैं हूँ एक खुली किताब।

कुछ दिन बाद अविष्कार बैठा हुआ था,

के अचानक से उसके मन में कल्याणी की बात आयी,

वो मुस्कराते हुए इधर उधर थोड़ा देख आया के कहीं सच में कल्याणी तो नहीं आयी है,

पर ये तो उसकी सोच थी, सच कैसे होता,

घूम फिर कर फिर से वो वहीँ आकर बैठ गया और लिखना शुरू किया

बोपन्हा चाहत है तुम्हारी, बेइंतहा मोहब्बत भी है,
बेवजह आदत हो गई तुम्हारी,
बेमतलब जरूरत भी है ।

आपके बग़ैर मैं ना रहूं,
मेरे बिना आपको ना हो जीना गवारा,
रिश्तों के बंधन में आओ बंध जाएँ,
वरना रह जाऊँगा मैं कुंवारा।

बेहिसाब एहसास भी है,
बकसुर ज़ज्बात भी है,
बेपरवाह ज़माना भी था,
बेफिक्र दीवाना भी है।

कुछ दिन बाद कल्याणी वापस आ जाती है,
अचानक अपने घर के दरवाजे पर कल्याणी को देख कर आविष्कार की सारी थकान चली जाती है,
खुशी में वो चिल्लाना चाहता है, गाना गाना चाहता है, कल्याणी को उठाकर नाचना चाहता है,

बस सारे ज़ज्बात उसके अंदर जैसे उमड रहे थे,
खुशी उसको मन साफ़ साफ़ उसके आंखों में दिखाई दे रही थी,

वो एक बड़ी सी हंसी और थोड़े आँसुओं के साथ कल्याणी को थोड़ा रुकने को बोलकर अंदर चला जाता है,

थोड़ी देर बाद बाहर आकर, बाहर कहीं खाना खाकर आने के बात करता है,

कल्याणी और आविष्कार खाना खाने जाते है:-

आरज़ू है तेरे यार की,
ख्वाहिश है तेरे प्यार की,
नसीब में हो तेरा साथ,
खुशी से गुजर हर दिन हर रात,
यही पुकार है मेरे करार की,
आरज़ू है तेरे प्यार की।

खुश किस्मती से तेरा हाथ मिला,
राहों में चलने को तेरा साथ मिला,
राहें आसान हो गई,
मंज़िल साफ़ दिखने लगी,
यही असर है मेरे ऐतबार की,
आरज़ू है तेरे प्यार की।
इंसान भी अजीब है, ना जाने किस से दूर और किसके करीब है,
हमेशा तलाश में रेहता है,
शायद यही उसका नसीब है!

तन्हा तन्हा फिरता है,
खुद से हमेशा ये लड़ता है,
कशमकश में जीता है,
और घुट घुट के मरता है।

हर चीज की मन्नत है इसे,
सब होकर ये कितना गरीब है,
ये इंसान भी काफी अजीब है।

बस एक दिन बैठे बैठे सोच में खो गया अपना आविष्कार,

जैसे एक ही पल में दुनिया भर की सैर कर आया हो,

सोच में डूबा हुआ अचानक उसके मन में आया एक खयाल और उसने कलम उठा कर लिखा:-

कुछ दिन बाद

आविष्कार और कल्याणी बैठे थे, बाहर चाय पीने के लिए ले गया था आविष्कार कल्याणी को,

तब चाय का इन्तेज़ार करती कल्याणी के मन में एक सवाल आया, जो उसने बिना समय गंवाए पूछ लिया के,

"तुम्हें मेरी कब कब याद आयी?"

इस सवाल के जवाब में अविष्कार कहता हे:-

याद तेरी बहुत आयी थी,
जब जिंदगी में मायूसी छायी थी,
जब यह सफर तन्हाई वाली थी,
जब छाया गहरा अंधेरा,
जब खुशियों का छीन गया था बसेरा,
तब तेरी याद आयी थी।

जब भी प्यार की तलब हुई,
जब भी तेरे एहसासों की कद्र हुई,
जब तेरी साँसों को छुना चाहा,
जब भी खोए लमहों को पाना चाहा,
तब तब तेरी बहुत याद आई।

सच में तेरी बहुत याद आई।

एक दिन अविष्कार और कल्याणी बैठे हुए थे बगीचा के पास एक नए बने चाय की टपरी पर, और ऐसे ही कल्याणी ने पूछा के क्या सोच रहे हो,

अविष्कार हस कर बोला

के देखो कैसी अजीब है यह जिंदगी भी:-

कमाल की जिंदगी मिली है हमें,
कभी पेचीदा तो कभी आसान सी,
कभी उलझी हुयी तो कभी सुलझी सी,
किसीको भी समझ में ना आए,
कभी साथ चलती तो कभी बिछडी सी,
कमाल की है यह जिंदगी भी।

कभी लगे समझ लिया,
कभी समझूँ पा लिया,
कभी पाऊँ खुदको बिछड़ा हुआ,
बिछड़ने के बाद खुदको पाया पिछड़ा हुआ।

कमाल की है यह जिंदगी भी।

हस कर कल्याणी बोली के इस जीवन में मेरी क्या अहमियत है, जरा बता देंगे तो काफी मेहरबानी होगी आपकी,

और हाँ थोड़ा शायरना अंदाज में बताईयेगा जनाब:-

आविष्कार कहता है:-

तुम हो तो जिंदगी में कशिश है,
तुम जो नहीं तो हर पल ख़लिश है,
तुम्हीं में सिमटी हुयी है दुनिया मेरी,
तुम्हारा प्यार मेरे लिए देहलीज है।

तुम्हारे साथ बंधे रहना है,
तुम्हारी बातों के अलावा और कुछ नहीं सुनना है,
कोई भी इम्तिहान पार कर जाएंगे प्यार में आपके,
तुम्हारे हर दर्द, ज़ख़्म को पहले मुझसे भिड़ना है।

वाह वाह जनाब, क्या बात है,

काफी शायराना रहा अंदाज आपका,

पर क्या ऐसी कोई और बात

जो आप

मुझसे कहना चाहते हो,

आविष्कार कहता है, "प्यार के अलावा ना कुछ कहना है ना कुछ सुनना है "

कल्याणी कहती है यह पंद्रहवि बार आप प्यार का इजहार करने जा रहे हैं,

आविष्कार:- पंद्रह लाख बार के बाद भी बंद नहीं होगा

कल्याणी:- तो बताईये दिल की बात अपनी:-

आविष्कार:-

दिल यह तेरा दीवाना है

हर ग़म से बेगाना है,

हमेशा बस आपका ही है खयाल,

आपके सिवाय यह ना कोई और ठिकाना है।

धड़कन में बसा प्यार दिखाना है,

बस इतना सा ही एहसास जताना है,

तेरे बिना बेमतलब है जिंदगी मेरी,

तेरे दिल तक यह पैगाम पहुंचाना है।

कल्याणी एक दिन अविष्कार के घर घूमने आई थी तो कुछ किताबों के नीचे उसे एक डायरी मिली, उसमें अविष्कार ने कुछ कविताएं लिखी थी,

फिर कल्याणी ने पढ़ना शुरू किया तो उसे अच्छा लगा, करीब में रखे कुर्सी को खींच कर वो वहीं बैठ गई और पढ़ने लगी।

इतने में अविष्कार नहा कर बाहर निकला, कल्याणी को देख कर पूछा क्या पढ़ रही हो?

कल्याणी बोली के तुम्हारी सारी कविताएं तुमसे भी अच्छी हैं,

हस कर अविष्कार कहता है:

ए दिल तू क्या सोचता हैं, कभी खोल देता हैं हर राज अपने,
तो कभी छोटी छोटी बातें भी छिपाता है,
कभी खामोश है रहता, और कभी बगावत सा कर जाता है,
ए दिल तू क्या सोचता है।
कभी तो मूझपे ऐतबार कर, मुझसे अपने दिल का हाल बयान कर,
कभी आसान सा काम भी नहीं होता तुझसे,
और कभी मुश्किल इम्तिहान भी पार कर जाता है।
ए दिल तू क्या सोचता है।

कुछ दिन बाद कल्याणी को जरूरी काम से जल्द से जल्द घर जाना पड़ा, वो इतनी जल्दबाजी में निकली के वो अविष्कार से मिल भी नहीं पाई।

आविष्कार को पता चला तो उसका मन दुखी हो गया और उसने कल्याणी के याद में लिखा:

तुझसे जुदा जो हुआ तो मैं टूट सा गया,

प्यार के दो पल भी मुझसे लूट सा गया,

गलती कर बैठा यह दिल ओर,

अचानक से तेरा दामन मुझसे छूट सा गया।

तुझसे जुड़कर दिल को सुकून आया था,

तेरे प्यार का मुझपे जुनून छाया था,

हजारों के भीड़ मैं भी था तन्हा,

तन्हाई में बस तेरा ही साया था।

अगले कुछ दिन आविष्कार का किसी काम में मन नहीं लगा,

वो कोई भी काम ठीक से पूरा नहीं कर पा रहा था,

उसको इसी वजह से काफी मुश्किलों का भी सामना करना पड़ा,

एक तरफ कल्याणी के जाने का दुख था, एक तरफ काम ना कर पाने का दबाव,

इन सबके साथ आविष्कार अकेले जूझ रहा था, तब उसके दिल से यह बात निकली:

सफर ये मेरा अनजाना सा, उसपे मंजिल भी बेगानी सी,

उस राह पे चल पड़ा एक दीवाना था,

सबसे अलग उसकी कहानी थी।

गुमराह वो फिरता रेहता मंजिल कि तलाश में,

दर दर भटकता सहारे की आस में,

भरोसा उसका टूट सा गया,

जब धोखा दिया उसने जो आया था साधु के लिबास में।

आविष्कार और कल्याणी की कहानी में तूफान तब आया जब अचानक से आविष्कार की जिंदगी में झील आई।

झील और आविष्कार एक ही जगह काम करते थे, झील को आविष्कार में एक दोस्त दिखा, जो आगे एक हमसफर बन सकता था।

झील को आविष्कार से प्यार हो रहा था जब की आविष्कार को उसमें एक दोस्त ही दिखा हमेशा।

ऐसा कभी महसूस ना हुआ,
तेरे ख्याल से दिल दूर ना हुआ,
यह किसी और से वफा है या तूझसे बेवफाई,
पहले दिल से कभी यह कसूर ना हुआ।

तुझसे दूरी मंजूर नहीं,
पर तेरा साथ भी अब काफी नहीं लगता,
तेरे सिवा जिंदगी का कोई नूर नहीं,
पर चांदनी भी आज कल अच्छा नहीं लगता।

आविष्कार और झील यहां करीब आने लगे, वहां कल्याणी बाहर थी। झील के दिल में आविष्कार के लिए प्यार बढ़ता रहा धीरे धीरे,

आविष्कार के दिल में झील के लिए झुकाव बढ़ने लगा ही था के, एक दिन घर की साफ सफाई के वक्त आविष्कार को कल्याणी का एक खत मिला, उसे पढ़ते वक्त उसने मन बना लिया था के वो झील की तरफ झुकेगा नहीं, बल्कि कल्याणी का इंतज़ार करेगा।

ना जाने किस मोड़ पे मिली थी खुशी,
अब तो उसकी याद भी धुंधली पड़ गई,
सोचा था यादों के सहारे कठ जायेंगे दिन,
अब तो वो बात भी अधूरी रह गई।

हमेशा यह अधूरे किस्से ज़िंदगी में होंगे,
रूसवाई के कुछ टुकड़े बंदगी में भी होंगे,
पर खैर, हम ढूंढ लेंगे किसी और को,
साफ सुतरे कुछ चेहरे गंदगी में भी होंगे।

कुछ दिनों बाद, आविष्कार ने कल्याणी की तस्वीर एक लड़के साथ देख ली जो अखबार में आई थी, जिसमे लिखा था के कल्याणी को विश्वविद्यालय की तरफ से सराहना मिली है अच्छा प्रदर्शन और पढ़ाई के लिए।

आविष्कार का ध्यान बस उस लड़के के तरफ था, जो कल्याणी के कंधे पे हाथ रख के खड़ा था।

आविष्कार इस सोच से एक दम मायूस हो गया था, न जाने कितनी बातों ने उसके मन में घर बना लिया था,

रात को वो लिखता:

दिल की बात दिल में रखना सीखो,

यार की मदहोशी प्यार में चखना सीखो,

सच और झूठ की पहचान कौन करे,

धंडकनों से एहसास परखना सीखो।

किसी की खुशी के लिए खुद हसना सीखो,

अपनो की जिंदगी के लिए खुद मरना सीखो,

खुद की बरकत तो सबको प्यारी है,

दूसरों की आबादी के लिए खुद को बरबाद करना सीखो।

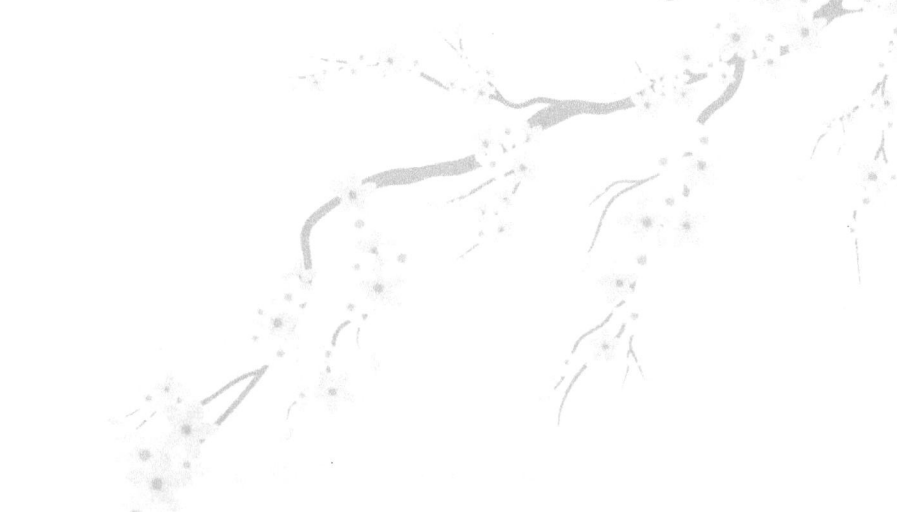

अगले कुछ दिनों तक आविष्कार को नींद नहीं आई। वो दिन में सोच में डूबा रहता और रात को करवट बदलता रहता।

देर रात को उठ कर बैठ गया और अचानक से डायरी निकाली और लिखने लगा:

नादान थे हम जो तुमसे मोहब्बत कर बैठे,
तेरे लिए कुरबत में ज़िंदगी बरबाद कर बैठे,
इस कदर घायल हुए हैं तेरे प्यार में,
के एक ही पल में जिंदगी से नफरत कर बैठे।

मैने तुझपे प्यार लुटाया,
तेरे कदमों के नीचे अपना दामन बिछाया,
पर तुझे यह चाहत रास ना आया,
मुझे खो कर बता तूने क्या है पाया,
नादान थे हम जो तुझसे मोहब्बत कर बैठे।

अगले ही दिन आविष्कार का दोस्त विनोद आ गया, विनोद भी आविष्कार के गांव का है और दोनो बचपन के दोस्त हैं।

विनोद अविष्कार को देख कर समझ गया के अविष्कार की हालत कुछ खास नहीं है, तो उसने उस के दुख का कारण जानने के लिए उसके पास दिन भर रुका, खाना बना के उसको खिलाया, फिर दोपहर को उसने धीरे से आविष्कार को वजह पूछी,

आविष्कार ने विनोद को देखा और रो पड़ा, रोते रोते बोला:

ठुकराने वाले अपना बनाकर छोड़ गए,
अपनाने वाले बेसहारा बनाकर छोड़ गए,
अब जाकर चैन मिला अपनी कब्र में,
मारने वाले कब्र पर फूल चढ़ाकर छोड़ गए।

खुदा उनको रहमत बक्शे,
थोड़ी सी उनको जहमत बक्शे,
तेरी बेवफाई के बावजूद दुआ दे रहे हैं तुझे,
के खुदा तुझे ता उम्र अच्छी खिदमत बक्शे।

आविष्कार को लगने लगा था उसने कल्याणी को हमेशा के लिए खो दिया।
इसी मायूसि में वो हमेशा डूबा रेहता, उसे किसी भी चीज का होश नहीं था।

एक दिन थका हारा सोच में डूबा वो घर आ रहा था, दरवाजा खोलने के लिए चाबी निकाली और सर ऊपर किया तो उसके होश उड़ गये।

उसने देखा कल्याणी उसके दरवाजे पर एक मुस्कान लिए खड़ी है।

अविष्कार को पता नहीं था वो कैसे खुशी बयां करे,
दोनों के आंखों में आँसू थे,
दोनों ने एक दूसरे को गले लगाया,
इस पर आविष्कार लिखता है:

तेरा आना मन्नत के जैसा है,
तेरा साथ जन्नत के जैसा है,
बस तुझी से है प्यार मुझे,
बस तुझी पर है ऐतबार मुझे,
तेरे कदम मेरी जिंदगी में बरकत के जैसा है।
तेरा यूँ वापस आना मेरे लिए एक मन्नत के जैसा है।

तेरे प्यार ने मुझे जीना सिखाया,
सपनों के आसमान में उड़ना सिखाया,
तेरे सहारे गिर कर फिर चलना सिखा,
बुरी आदतों को बदलना सिखा,
तू ही है जिसने मुझे आगे बढ़ना सिखाया,
तेरे प्यार ने मरते हुए को जीना सिखाया।

आविष्कार अगले दिन कल्याणी खाना खिलाने ले गया, दोनों बैठ कर खाना खा रहे थे, अविष्कार कल्याणी के बालों को देख रहा था जो रह रह कर उसके आंखों में पड रहे थे।

उसने धीरे से हाथ बढ़ाया और उन जुल्फों को सवारते हुए धीरे से उसके गाल को छू लिया, और कहा:-

खयाल तेरा नींदे उड़ाती है,

यादें तेरी चैन चुराती है,

नींद उड़ाया चैन चुराया,

हर पल इन एहसासों ने हमें कितना सताया,

तेरी हर आदत अच्छी लगे मुझे,

पर बेमौजूदगी ने तेरी हमें बड़ा रूलाया।

कल्याणी बोली, रूक क्यूँ गए और कहो, बस कहते जाओ, रात यूँ ही तुम्हें सुनते सुनते गुज़ारना है मुझे, यह खूबसूरत रात यादों में एक नायब हीरे की तरह बैठ जाये, इतना यादगार बनाओ इसे।

गालों को चूम कर कल्याणी ने कहा,

आविष्कार ने फिर कहा:-

मेरे एहसास मेरी कहानी सुनाती है,
हर पल बीते मेरे दिल का हाल बताती है,
तू ना होती तो धड़कनों से बात करता,
आंखें बंद करके तुझसे मुलाक़ात करता,
तुझसे दूरी बरदाश्त नहीं,
तेरे सिवाय मेरे लिए कोई और खास नहीं,
मेरी हरकतें मेरी बेचैनी बयान करती है,
और मेरे एहसास मेरी कहानी सुनाती है,
खयाल तेरा मेरी नींद उड़ाती है।

कुछ दिनों बाद की बात है, अविष्कार काम खत्म करके घर जल्दी लौट आया, घर पर अकेले बैठ कर बस वो सोचता रहा, रह रह कर अलग अलग खयाल उसके जेहन में आते रहे,

उसने कलम उठाई और लिखा:-

एहसासों की बंदिश में बंध गए,
एहसानों की ग़रदिश में खो गया,
ना एहसास जता पाए,
ना एहसान चुका पाए,
और बस घुटन की तपिश में जलते गए।

कुरबानीयां हम देते आए हैं,
बदनामीयां भी सेहते आए हैं,
फिर भी शिकायत ना कि किसीसे,
बस मेहरबानीयां करते आए हैं।

वक्त बीता रिश्ते और गहरे होते गए, दोनों के बीच में मुलाक़ात मुलाकातों में बदलने लगे।

कुछ दिनों बाद जब ऐसे ही दोनों शहर के सबसे ऊंची जगह पर बने बगीचे में बैठे बैठे शहर को ऊपर से देख रहे थे,

तब अविष्कार कहता है:-

एक अनोखी ख्वाहिश है मुझे,
एक अनोखे प्यार की फरमाइश है तुमसे,
कितना पुकारा,
के मिल जाए कोई किनारा,
ये दिल ना होता आवारा,
पर वक्त को ना था गवारा,
ऐसे अनोखे वक्त की गुजारिश है मुझे,
एक अनोखी ख्वाहिश है मुझे।

बहुत तलाश की,
काफी तकलीफ बरदाश्त की,
के मिल जाए निशान किसी खास की,
पर आग ना बुझी मेरे प्यास की,
ऐसे अनोखे प्यास की आजमाइश है मुझे,
बस यही अनोखी ख्वाहिश है मुझे।

कुछ दिनों बाद अविष्कार अपने कुछ दोस्तों के साथ दो दिन के लिए छुट्टियां मनाने मसूरी चला गया, उसके सारे दोस्त बहुत खुश थे के अब कुछ वक्त शांति से काटेंगे।

आविष्कार भी खुश था पर वो हर खुशी के मौके पर कल्याणी को याद करता।

सारे दोस्त मसूरी पहुंच गए, रात को आराम करके, सुबह सुबह सब उठ गए सैर सपाटे के लिए, पर सबसे पहले उठा आविष्कार और सबके दिलों के हालत के वारे में लिखा:-

चलो थोड़ी मुसीबत कुछ दिनों के लिए टली है,
काफी दिनों बाद तो शांति मिली है,
चेहरे सबके जो यूँ मुरझा गए थे,
मुरझाए चेहरों पर थोड़ी तो हंसी खिली है ।

सबके दिल में यह खलबली है,
खुशी के पल कहाँ ज्यादा दिन चली है,
कुछ दिनों का है यह समा,
फिरसे वही परेशानियों वाली गली है।

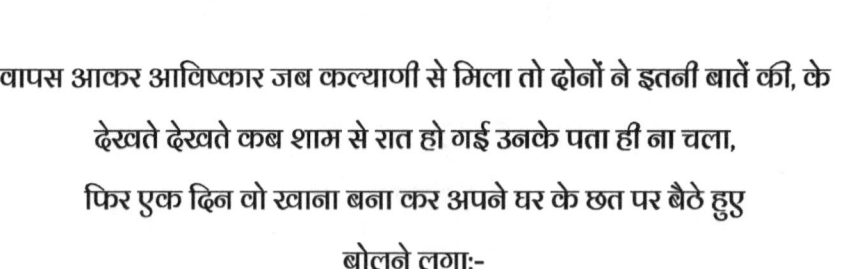

वापस आकर आविष्कार जब कल्याणी से मिला तो दोनों ने इतनी बातें की, के देखते देखते कब शाम से रात हो गई उनके पता ही ना चला, फिर एक दिन वो खाना बना कर अपने घर के छत पर बैठे हुए बोलने लगा:-

तू खुदा की अमानत सी है,
दिल को तेरी आदत सी है,
तेरे आंखों में डूबा रहूं,
तेरी यादों से दिल को मिले सुकून,
तेरा ही बस रहे जुनून,
पर दिल में तेरे लिए प्यार शराफत सी है,
तू खुदा की अमानत सी है।

एक दिन की बात है, अविष्कार और कल्याणी बाजार घूम रहे थे तभी साहिल नाम का लड़का आया, वो और कल्याणी एक दूसरे को जानते थे,
कुछ समय तक उनकी बातें चली, आविष्कार गौर से दोनों को देख रहा था, तभी उस को एहसास हुआ के लड़का कल्याणी को पसंद करता है, जब कि कल्याणी उससे बस एक दोस्त की तरह बात कर रही थी,
तब उसने सोचा ना जाने ऐसे कितने लड़के होंगे,
और खुशनसीब है वो के कल्याणी ने उसे चाहा,

आपकी नजर के मारे हैं,
चारो तरफ आपके आशिकों के नज़ारे हैं,
कितने आप पर मर मिटे,
कितने दिल हुए होंगे कुरबान,
मेरा तो दिल देहलीज पर है,
और कदमो में है मेरी जान,
इतना तो ना करो परेशान,
हो जा मुझ पर मेहरबान,
अगर और तड़पाना है मुझे तो,
बनाले मुझे अपना गुलाम,
हम तो आपकी नजर के मारे हैं,
तुझे चाहने के अलावा मेरा और क्या काम।

एक दिन आविष्कार अपने एक दोस्त के साथ खाना खा रहा था, उस दिन काम थोड़ा कम था तो दोनों बातें करते करते, अविष्कार ने उसे पूछा क्या वो किसी को प्यार करता है, तो साहिल ने कहा हाँ।

पर वो उसे बता नहीं पाता

क्यूँ के उसे डर है के अगर उसने उसे मना कर दिया तो, जो थोड़ा बहुत वो बात करके उसी खुशी मिलती है, वो भी बंद हो जाएगी

तो आविष्कार कहता है;-

आज तो केहदे उससे अपने दिल की बात,
शायद पूरी हो जाए तेरे दिल की हर मुराद,
बंद करदो इन्तेज़ार करना,
घुठ घुठ के प्यार में मरना,
यह जीना भी कोई है जीना,
आंखें झुका कर यूँ आंसूं पीना,
कभी ना मिला हो जैसे खुशियों का साथ,
आज तो कह ही दो अपने दिल की बात।

बस यही सलाह देते देते उसको कल्याणी की याद आयी, आविष्कार से रहा नहीं गया, वो जल्दी जल्दी काम निपटा कर वहां से निकल गया और कल्याणी के पास पहुंच गया, आविष्कार की बात मानकर कल्याणी भी उसके साथ आयी। दोनों एक साथ एक ढाबे पर गए, जो पहाडी के ऊपर था, बहुत कम लोगों ने देखा था वो अड्डा,

वहां खाने का इन्तेज़ार करते हुए आविष्कार कल्याणी से कहता है:-

तेरा प्यार पाना मेरा मकसद है,

तुझे पाने बाद कहीं जिंदगी से रुखसद है,

तुझसे ही बस प्यार जताना है,

तेरे संग ही जिंदगी बिताना है,

तेरे साथ ही है जीना मरना मेरा,

इस दिल को बस तुझीपे प्यार लुटाना है,

तुझसे प्यार करते रहना जिंदगी का मकसद है,

तेरे सिवाह जिंदगी में ना कोई हरकत है।

तू जो रहे जिंदगी में तो,

बरकत ही बरकत है यहां,

तुझसे शुरू तुझपे खत्म जिंदगी मेरी,

तुझी पे कुरबान हर एक बंदगी मेरी,

तुझसे प्यार करते रहना है जिंदगी का मकसद,

तुझसे प्यार करने से ना मिलती दिल को फुरसत ।

बारिश का महीना आ गया था, हर तरफ हरे रंग की चादर से लिपटी धरती मन
मोह रही थी।

वैसे तो आविष्कार हर बार दौड़ लगाता रेहता है कल्याणी के घर का, पर इस बार
कल्याणी खुद को रोक ना पायी ।

वो आयी थी आविष्कार के घर , वो छत पर था,

उससे उसके दोस्त के बारे में पता चला जो जिम्मेदारियों के चलते अपनी खुशी
को नहीं दूसरों की हंसी को चुना:

वो लिखता है

आज मैंने एक फ़र्ज़ अदा कर लिया,
अपने कंधों से एक बोझ जुदा कर लिया,
मुश्किलें पैदा कर रहा था यह दिल,
दूर कर रहा था मुझसे मेरी मंज़िल,
सबने मुझे कितना रोका,
मैंने भी खुदको कितना टोका,
फिर भी एक दिन लगा बैठा किसी से दिल।

मैंने खुदको कितना सम्भाला,
सारे ख़यालों को दिल से निकला,
पर मैं गलती कर चुका था,
जिंदगी के रास्ते पर आगे बढ़ चुका था,
मजबूरी में अपने दिल को बदल डाला,
चुन ली जिंदगी बिना रंग वाला,
सबको जिंदा रखने के लिए,
खुदको मुर्दा मान लिया,
आज मैंने एक फ़र्ज़ अदा कर लिया।

एक बार फिर कल्याणी और आविष्कार दोनों को एहसास होता है के दोनों एक दूसरे के बग़ैर कितने अधूरे हैं।

दोनों मिलते हैं आंखों ही आंखों में बात होती है, इजहार होता है, दिल को बेकरार करने का सिलसिला शुरू हो जाता है।

दोनों के दिल में गाना बजने लगा और दोनों उसी धुन में नाचने लगते हैं।

नाचते नाचते अविष्कार कहता है:-

मदहोशि तेरे आंखों में है,
बेहोशी प्यार के पनाहों में है,
तुझे ही याद करता रेहता हूँ हर पल,
होश में बस तेरी ही बात करता हूं।

जब खो जाता हूँ ख़यालों में,
तब कहीं जाकर तुझसे मुलाकात करता हूँ,
जब तेरे याद में वक्त बरबाद करता हूं,
जब कहीं बयाँ अपने ज़ज्बात करता हूं,
भगवान भी कहता मुस्कराते हुए,
रूक तेरे लिए लमहों की बारिश करता हूं।
सरगोशि खुदा के इनायत में है,
मदहोशि तेरे आंखों में है।

वैसे तो दिन भर भी अगर अपने प्यार का इज़हार करता रहूं फिर भी कम है, पर आज दो पंक्तियों से बताने की कोशिश करता हूं।

पसंद आए गले से लगा लेना, अविष्कार और कल्याणी दोनों हसने लगते हैं:-

कल्याणी,"सुनाईये जनाब।"

आविष्कार कहता है:-

असर यह कैसा जिंदगी पर है तेरा ,
तुझे मिलने के बाद यह दिल अब ना रहा मेरा,
हमेशा तेरी ही धुनें गुन गुनाता रेहता,
तेरी यादों में वक्त बिताता रेहता,
मेरा कहा तो कभी सुनता भी नहीं,
और तेरे ख़यालों में अक्सर खोया रेहता,
इस कदर इस दिल को तुम्हारी लत लगी है,
जैसे में घाव और तुम मरहम हो मेरा।

कल्याणी गले लगा लेती है आविष्कार को, थोडी सी आंखों में नमी सी भी आ जाती है कल्याणी के।

दोनों की आंखें बंद है, एक दूसरे के अलावा उन दोनों को और कुछ मेहसूस नहीं हो रहा,

इतने में आविष्कार फिर कहता है:-

शिद्दत से बनाया होगा खुदा ने तुझे,
मुद्दत से निहारा होगा कुदरत ने तुझे,
चाँद भी तुझ तक आया होगा,
तुझसे अपनी चांदनी को निखारा होगा,
देख तुझको इतना हसीन,
कुछ पल के लिए जरूर घबराया होगा,
फिर खुदा की मर्जी पर सर झुका कर,
तेरे वजूद को हस कर अपनाया होगा,
शिद्दत से बनाया होगा खुदा ने तुझे,
मुद्दत से बस तुझ को ही निहारा होगा ।

अविष्कार के मन में एक बात थी, जो वो कल्याणी के साथ करना चाहता था, पर सही समय का इन्तेज़ार करते करते वो बात रह ही गई थी,

उस दिन कल्याणी को अपने बाहों में रोता देख, उसने कल्याणी के दिल में अपने लिए बेइंतहा प्यार को मेहसूस किया था,

उसने कल्याणी को कहा, "क्या में एक बात कह सकता हूँ?"

कल्याणी ने कहा "तुम्हें पूछना पड़ रहा है?"

आविष्कार ने कहा, "मैं तुम्हें हर घडी तुम्हें अपने पास देखना चाहता हूं।"

कल्याणी थोड़ी देर चुप रही,

चारो तरफ सन्नाटा था,

कल्याणी ने कहा,"एक साथ रहते हैं ।"

आविष्कार ने कसकर गले लगाया और कहा, "मैं कल ही इन्तेजाम कराता हूँ।"

तजुरबा एक और नया मिला है,
रिश्ता एक और नया खिला है,
अरसो पुराने एहसासों का है यह असर,
दिलों के अरमानों का यह सीलाह है।

मोहब्बत का शुरू हुआ सिलसिला है,
अब ना कोई शिकवाह ना कोई गिला है,
खिल रही है रोशनी कायनात में,
हर तरफ बस जुगनुओं का काफिला है।

अगले दिन कल्याणी और आविष्कार एक घर में रहने जाते है, वहाँ बड़े प्यार से आविष्कार, कल्याणी का गृह प्रवेश करवाता है।

दोनों बहुत खुश होते हैं, दो दिन तक दोनों अपने घर को सजाने में लग जाते हैं, वही धीमी धीमी आवाज़ में आविष्कार कहता है:-

जब प्यार से प्यार मिलेगा,
तब खुशियों का चमन खिलेगा,
मोहब्बत का समा होगा चारो ओर,
और आशिकों का दामन सुकून से भरेगा।

ग़र कभी जुदाई की बात भी उठे,
तब खुदा करे जिंदगी हमसे रूठे,
हर तरफ हो मातम की शहनाई,
और फिर साँसों से नाता टूटे।

धीरे धीरे प्यार गहरा होता चला गया, और आविष्कार को बहाने की जरूरत नहीं थी।

मेहनत से बनाए घर को दोनों ने प्यार से सींचा था।

आविष्कार लिखता है:-

कभी ना कहा वो आज कह जाऊँगा,

अनकही आहटों में आज घूम हो जाऊँगा,

हर तरफ दिखे पहेली सी परछाई,

आज मैं हर बात मुमकिन कर जाऊँगा।

तन्हा यूँ तन्हाई में रह नहीं पाउंगा,

प्यार की परछाई को जरूर ढूंढ लाऊंगा,

अंजाम की अब किसको है फ़िकर,

खुदा की खुदाई को अपना बनाकर ही लौटूंगा।

शाम को दोनों लगभग एक ही समय पर घर आया करते थे, क्यों के आविष्कार आते आते कल्याणी को लेके आ जाता था, पर एक रोज आविष्कार को मन हुआ के आज घर जल्दी लौट कर वो कल्याणी के लिए खाना बना के तैयार रखेगा।

आविष्कार घर आया, खाना बनाया और इन्तेज़ार करने लगा के कल्याणी के आने का,
ठीक कल्याणी के घर आने से पहले बिजली चली गई,
आविष्कार से सब सुनकर, उसे मायूस जानकर कल्याणी ने सोचा और मोमबत्ती निकाली, चारो तरफ जलाया,
मोमबत्ती की रोशनी मे दोनो ने एक दूसरे का मुस्कुराता चेहरा देखा और एक निवाला खिलाया ही था के बिजली आ गई:-

उस रात आविष्कार सोच रहा था:-

बेपरदा एक दूसरे के आगोश में हैं सिमटे,
बेशुमार मोहब्बत और प्यार में हैं लिपटे,
किसी और का ना कोई काम है इन दरमियान,
चाहे जितनी चुकानी पड जाए कीमतें।

दोनो दिलों में जो है इतनी तपन,
गैर आशिकों को हो रही है जलन,
ना बुझा सकी हवा ना पानी का कोई काम,
बस दो जिस्म लिपटे हुए हैं जैसे एक हो बदन।

कुछ दिनों बाद, दफ्तर के काम से आविष्कार को बैंगलोर जाना पड़ा, वहां इतने बड़े शहर में चारो तरफ लोग ही लोग थे,

वहाँ काम ही काम, किसी चीज के लिए भी समय नहीं था किसी के पास,

आविष्कार को लगा जैसे वो एक ना खत्म होने बाले कारखाने में आ गया है जहां इंसानों को मशीनें चलाती हैं।

थका हारा शाम को घर आकर अविष्कार लिखता है:-

बस बैठा हूं तेरे ख़यालों में यहां,
खोया हूं खुद के सवालों में यहां,
मन्नत है बस आप ही की मुझे,
मगर गुम सा हो गया हूं हज़ारों में यहां।

चेहरा आपका नजर आए सितारों में,
आप ही की याद आए कमसिन बहारों में,
तुम ही तुम हो चारो तरफ मेरे,
आपका ही असर है हर एक नज़ारों में।

वापस आया तो कल्याणी उसे हवाई अड्डे पर मिलने पहुंच गई, जैसे ही आविष्कार बाहर आया, तो कल्याणी उसे मिलकर चौकाने वाली थी और उसका खिला हुआ चेहरा देखना चाहती थी।

आविष्कार बाहर आया, सामान लेकर बाहर आ रहा था के उसी के दफ्तर की एक लड़की उसे गले लगा कर कहती है के बढ़िया काम किया उसने बैंगलोर में,

और यह देख कर कल्याणी गुस्से में आकर वहाँ से चली गई, और उसे देख अविष्कार सब समझ गया और कहा:-

आप के गुस्से से हमें प्यार है,
आपके गरम मिज़ाज से हमें प्यार है,
तूने दिया दर्द भले अनजाने में,
पर आपके दिए दर्द से भी हमें प्यार है।

तेरी बेरूखी से हमें प्यार है,
तेरी नाराजगी से भी हमें प्यार है,
तेरे प्यार ने दीवाना बनाया है हमें,
मगर हमारी इस दीवानगी से भी हमें प्यार है।

अगले दिन सुबह भी मिज़ाज गरम ही था, तो बात बनाने और रूठी हुयी को मनाने के लिए आविष्कार ने सोचा के सुबह का नाश्ता वो बनाएगा।

एक अच्छा सा नाश्ता बनाकर बेहतरीन ढंग से सजाकर उसने रख दिया, और साथ एक छोटा सा काग़ज छोड़ा जिसमें लिखा था:-

तेरे लिए शायरी के ढेर लगा दूँ,
ज़माने भर के हसीन लफ़्ज़ बिछा दूँ,
तुझे ज़रूरत नहीं मेरे दिल में झांकने की,
तू कहे तो दिल चिर के दिखा दूँ।

तेरे प्यार में ग़र मरन पडे तो मर जाऊँगा,
तू जो ना हो साथ तो कुछ कर जाऊँगा,
तेरे मेरे बीच है एक अनोखा बंधन,
तुझे पाने के लिए किसी भी हद को गुजर जाऊँगा।

कुछ दिनों के लिए कल्याणी अपने गाँव गई और आविष्कार को भी घर के लिए निकलना पड़ा तो उसने कल्याणी के लिए एक चिट्ठी छोड़ी ताकि वापस आकर उसको यह ना लगे के वो उसे बिना बताए गया के वो उसको कितना याद करेगा।

उसने लिखा:-

दिल मिलने की इबादत कर रहे हैं,
धड़कनें साथ रहने की इनायत कर रहे हैं,
आपसे बिना मिले जो कहीं जाना पड़ा हमको,
साँसें हमसे यही शिकायत कर रहे हैं।

जल्द ही फिरसे मिलने की घड़ी आएगी,
दो दिलों को प्यार करने की फुरसत मिल जाएगी,
जो एहसास मुरझाने लगे तो भी,
वो एक बार फिर से खिल जाएंगे।

आविष्कार घूम रहा था अपने शहर के पास जो उसका नौनिहाल भी है।

वो चलता जा रहा है, यादें ताज़ा होती जा रही हैं।

बचपन में यहां खेलते थे, थोड़ी दूर बाजार में कुल्फी खाने जाते थे, कभी नाना जी तो कभी मामा हमें हमेशा शाम को घुमाने लाते थे।

हँसकर कहा,"जानती हो कल्याणी हम बहुत मस्ती किया करते थे, पर कभी डांठ नहीं पडी..."

यह कहकर वो देखता तो खुद्को अकेला पाता है,

और इसी पर वो लिखता है:-

मैं हूँ तनहा और अकेला चलता ये डगर ,

जाने अनजाने आ गया मैं किस नगर,

अपने रफ्तार में किस्मत की आड़ में,

अनजाने राहों पर निकल पड़ा हूं मगर,

मैं हूं तनहा और अकेला चलता ये डगर ।

अविष्कार शाम को अपने दोस्त जिसका इत्तेफाक से नाम भी शाम था, उससे मिलता है, दोनों बहुत दिनों बाद मिले थे,
शाम ने कहा आजा कहीं बैठ ते हैं।
तो दोनों एक मयखाने में बैठे। आविष्कार पीता नहीं था, तो शाम जब रात में बदलने लगी तब तक शाम शराब में डूबा हुआ था और आविष्कार मोहब्बत में,

शाम को वो कल्याणी की तस्वीर दिखाता है, और अपने दिल में कल्याणी के लिए बसे प्यार को कुछ इस तरह बयां करता है:-

कभी किसीसे सुना था अफ़साना कोई,
जैसे दूर कहीं का हो फ़साना कोई,
समझ से बाहर थी उसकी कई बातें,
भुलाना भी तो मुश्किल था, वो सारी मुलाकातें,
वो खोयी खोयी सी अधूरी रातें,
वो किसी अनजाने की याद दिलाती बरसातें,
जैसे बना गया हो मुझे निशाना कोई,
फिर भी दिल को ना मिला बचने का बहाना कोई,
कभी किसीसे सुना था अफ़साना कोई।

अगले दिन शाम को अपने घर के आंगन में कुर्सि पर बैठे बैठे आविष्कार को बहुत याद सताती है तो वो बाहर घूमने निकालता है, के शायद उससे कुछ ध्यान भटक जाए उसका।

पर ऐसा होता नहीं, जब बहुत ज्यादा बात करने को मन होता है आविष्कार का तो वो पास के एक फोन बूथ से कल्याणी को कॉल करता है।

क्यूँ के वो बाहर थी तो वो कॉल उठा नहीं पाती, पर आविष्कार को तो अपने दिल की बात करनी है,

तो वो ऐसे ही बोलना शुरू करता है फोन पर:-

बारिश बन कर तुझपे बरसुंगा मैं,
साथी बनकर साथ भीगूँगा भी मैं,
आपकी सिफारिश हो गई है मुकम्मल,
अब मन्नत बनकर तेरे पालकों में रह जाऊँगा मैं।

तू सुकून सी मेरे आंखों में चमक रही होगी,
मैं खुशी सा तेरे आंखों से टपक रहा हूंगा,
ऐसे से मेरे दिल में बस जाएगी तू,
ऐसे ही तेरे पालकों में रह जाऊँगा मैं।

शाम का वक्त था, पास में ही एक रिश्तेदार के घर खाने का आयोजन हुआ था, क्यूँ के सुबह ही उनके बच्चे का मुंडन किया गया।

तो अविष्कार को परिवार समेत निमंत्रण था।

देर शाम को सब जमा हुए थे, बातें चल रही थी, पर इन सबके बीच भी अविष्कार को कहीं ना कहीं अकेला सा लग रहा था,

कहीं भी किसी के साथ भी उसको अच्छा नहीं लग रहा था, तो वो जल्दी घर चला गया और छत् पर बैठ कर लिखता है:-

तुझे नशा नहीं कह सकता,
पर मेरा जुनून है तू,
तुझे सुरूर भी नहीं कह सकता,
जो बेकरार दिल का सुकून है तू।

तुझे आरजू नहीं कह सकता,
जो मेरे धड़कनों की मन्नत है तू,
तुझे अपनी दौलत नहीं कह सकता,
जो इस फकीर के लिए जन्नत है तू।

आविष्कार बैठा है दोस्तों के साथ, आदर्श आया जो उसका बहुत पुराना दोस्त है। आदर्श का चेहरा थोड़ा मुरझाया हुआ था, सबने बारी बारी पूछा और अविष्कार ने भी पूछा के उसके मन की दशा ऐसी क्यूँ है,
तब आदर्श ने बताया के कैसे कानूनी दाव पेच में उसकी पुश्तैनी जमीन चली गई।
सब काफी दुखी थे, आविष्कार मन ही मन यह सोच में था:-

कभी किसी रोज यह इत्तेफाक हो जाए,
बिना कहे मेरे जिंदगी का हर दर्द दूर हो जाए,
कभी ना रहे आस पास बुरा कोई साया,
बुरी नजर सारी पाँव की धूल हो जाए।

कभी किसी रोज यह किस्सा हो जाए,
आगोश में खुशियों का हर हिस्सा आ जाए,
जल उठेंगे जलने वालों के दिलों में आग,
बस बेफिक्री में खुले आसमान के नीचे मीठी नींद आ जाए।

अगले दिन आविष्कार सुबह उठा, तो प्रकृति की आवाज़ तो थी, पर उसके साथ थोड़ा कोलाहल भी सुनने को मिल रहा था उसे,

छत् से नीचे देखा उसने तो उसके सारे दोस्त खडे है और किसी लड़की से बात कर रहे हैं।

लड़की को उन्होंने ऊपर की तरफ इशारा करके दिखाया, अविष्कार और कल्याणी की नजरें मिली :-

आविष्कार भाग कर नीचे गया और कल्याणी को सबके सामने गले लगा लिया:-

खुदा ने हमें इस कदर संवारा है,

दुआओं से जिंदगी जो निखारा है,

भगवान पर है अटल विश्वास मुझे,

खुदा की खुदाई का है एहसास मुझे,

उन्हीं के लिए सारे कायनात में उजाला है,

खुदा ने हमें इस कदर संवारा है।

न जाने कितने होते थे हम पर सितम,

फिर भी रुकते नहीं थे कदम,

जब तक सासों में था दम,

फ़र्ज़ निभाने में कभी ना चुके हम।

फिर भी जिंदगी में कुदरत का सितारा है,

जिसने हर लम्हा हमको निहारा है,

जिंदगी में अब तुम्हारा तो सहारा है,

क्यूँ के खुदा के साथ तुमने भी हमें संवारा है।

घर में जैसे अजीब सा ही नजारा था, बस सबकी खुशी में थोड़ी सी हड़बड़ाहट थी, सबके आवाज़ में अजीब सी झिझक सी थी।

पर सबकी नजरों में कल्याणी के लिए प्यार था, आदर था, मेरे तरह बाकी सबके भी दिल में वो घर बना चुकी थी।

शाम को भैया (बड़े पिताजी के बेटे) के घर जाने का तय हुआ है, वहाँ समय पर जाना थोड़ा ज्यादा जरूरी है, क्यूँ के मेरा भाई फौजी है:-

वहाँ पहुँच कर महफिल में दो लफ़्ज़ निकले ज़ुबान से:-

दिल से मिले दिल तो खिल जाते हैं चमन,
किसीको प्यारे हैं हम, और हमें प्यारा है वतन्,
सोना चांदी का कोई मोल नहीं देश के आगे,
प्यारी मुझे मेरी माँ मेरी मिट्टी है मेरा रतन्।

कितना मुझे तूने प्यार दिया,
मुझ पर काफी ऐतबार किया,
मुझे हर तकलीफ से बचाया,
परवरिश करके मेरी,
मुझे बेहतरीन एक इंसान बनाया,
काफी उठाएं हैं दुख,
और लाख किए हैं जतन,
दिल से मिले दिल तो खिल जाते हैं चमन।

इसी बीच अविष्कार और कल्याणी के रिश्ते को एक साल हो गया, दोनों अपने सालगिरह को मनाने के लिए और थोड़ा यादगार करने के लिए बारह पेड़ लगाने का सोचा क्यूँ के वो अविष्कार के गाँव में थे और वहाँ अविष्कार की पुश्तैनी जमीन भी थी।

तो दिन में कल्याणी के हाथ मिट्टी से रंगे और रात को मेहंदी से, आविष्कार ने एक छोटी सी दावत रखी थी और कुछ गिने चुने दोस्तों को ही बुलाया था।

वहाँ अविष्कार कहता है:-

तुम कहती रहती हो मुझे पागल,
जो मुझे कुछ याद नहीं रेहता,
कभी,
कभी यह क्यूँ नहीं समझा तूने,
के तेरे सिवा मैंने कुछ याद करना नहीं चाहा ।

तुम कहती रहती हो मुझे पागल,
जो मैं ज्यादा कुछ कहता नहीं कभी,
कभी यह क्यूँ नहीं जाना तुमने,
के तेरे बगैर यह दिल कभी धड़कता नहीं।

तुम कहती रहती हो मुझे पागल,
जो मैं प्यार का इजहार नहीं करता,
कभी यह क्यूँ नहीं सोचा तुमने,
बिना प्यार के तुमपे मैं यूँ मरता नहीं।

अविष्कार का अब वापस लौटने का समय हो चुका था, क्यूँ के उसकी छुट्टियां खत्म हो चुकी थी और गाँव का काम भी।

वापसी के वक्त अविष्कार के मन में एक तरफ गाँव से जाने का दुख था और दूसरी तरफ कल्याणी से मिलने का सुकून,

ऐसे में आविष्कार लिखता है:-

तुझी से मेरी हर एक बात,
तुझी से जुड़े मेरे ज़ज्बात,
मेरी जिंदगी का हर एक राज़,
हर एक अंजाम और उनके आगाज़,
चाहे हो दिन या हो रात,
चाहे हो गर्मी या हो बरसात,
तुझी से मेरी हर एक बात,
तुझी से जुड़े मेरे ज़ज्बात ।

घर पहुंच जो पहला काम आविष्कार ने किया वो था कल्याणी को गले लगाना। दोनों थोड़े भावुक हो गए, घर में एक साथ खाना बनाया और अपने अपने काम पर निकल गए,

बहुत दिनों बाद अपने दोस्तों से मिलकर अविष्कार को भी अच्छा लग रहा था,

विशाल जो कि आविष्कार के साथ ही काम करता है, उसको बड़े बाबु गाली दे रहे थे,

बस लफ़्ज़ों का ही फर्क़ है,

चाहे कहो गरीबी या नर्क है,

कोई खुदको इंसान है कहता,

किसीको उनमें भगवान है दिखता,

कोई लकीरें के पीछे भागता,

कोई मेहनत से तकदीर बदलता,

बस लफ़्ज़ों का ही तो फर्क़ है।

बाद में उसी दिन जब आविष्कार की बात हुई विशाल से, तो अविष्कार ने कहा "बुरा ना मानो तो एक बात कहूँ?"
विशाला के हाँ कहने पर अविष्कार ने पूछा के तुम्हारा तो काम हमेशा सही होता है, तो आज मालिक चिल्ला क्यूँ रहे थे?

विशाल कहता है कुछ दिनों से काम में मन नहीं लगता, दिल की बात होंठों तक आते आते रूक जाती है,
कुछ इस तरह आविष्कार ने सब सुना:-

जिंदगी का तो बस बहाना है,
वरना कबका हमें मर जाना है,
रह जानी है सिर्फ चंद यादें कहीं,
बाकी सब हाथों से छूट जाना है।

यूँ अपना वजूद खोने से पहले,
जिंदगी को अलविदा कहने से पहले,
दिल के ज़ज्बात तुम्हें बताना है,
जिंदगी जीने बस यही बहाना है।

अगले कुछ दिनों तक आविष्कार काम में उलझा रहा। समय भी उतना नहीं मिल पा रहा था उसे,

काम के बाद एक दिन उसे स्मारिका दिखी, जो उसके साथ पहले काम किया करती थी, फिर उसने वहां से काम छोड़ दिया था।

उसे मिलने के बाद अविष्कार को पता चला कि स्मारिका का मंगेतर हाली में गुजर गया:-

उसको दुखी देख आविष्कार के मन में चल रहा था:-

तुम भी थे, और हम भी थे,
जिंदगी में खुशी और ग़म भी थे,
तू कह गया मुझे अलविदा,
शायद जिंदगी के पल कम ही थे।

आंखें हमारी नम ही थे,
तू छोड़ चुका था मुझे,
मैं खो चुकी थी तुझे,
और मायूस सारे मौसम भी थे।
तुम भी थे, और हम भी थे।

कुछ दिनों बाद बारिश आ गई। बारिश का महीना तो खैर सबको ही अच्छा लगता है और मुंबई की बारिश तो हर तरफ मशहूर है।

ऐसे ही एक बार आविष्कार खाना खा कर बैठा हुआ था, के अनीता को अकेले बैठा देख उसको अपने पास बुलाया।

अनीता आयी:-

आविष्कार:- "कौन से दुनिया में खोयी हो?"

अनीता: "कुछ नहीं बस ऐसे hi।"

आविष्कार: "बता दो मैं किसीसे नहीं कहता, तुम तो जानती ho।"

अनीता (मुस्कराकर): "वो....वो....वो मैं ना अभिषेक से बहुत ज्यादा प्यार करती हूं।"

उसके आँखों की जुनून देख अविष्कार कहता है:-

जुनून सा छाने लगा,

ज़लज़ला सा आने लगा,

कैसे इसको रोकुं,

कैसे दिल को ठोकुं,

यह तो आवारा सा होने लगा,

खुद्को अब बंजारा सा लगने लगा,

ऐसा असर हुआ है,

बाकी सब बेअसर हुआ है,

अब जिंदगी से भी नाता छुठ सा जाने लगा।

इस कदर जुनून छाने लगा।

अगले ही दिन सालाना जलसा था, दफ्तर बंद था, शाम को जश्न था।
सब गए थे, आविष्कार भी गया था, बड़े साहब ने भाषण दिया फिर खाना पीना
शुरू हुआ तो शराब पीते हुए अनीता को आविष्कार ने देखा।
वो एक तठ अभिषेक को देख रही थी जो नताशा के साथ नाचने में व्यस्त था।

आविष्कार इसपर लिखता है:-

बेचैन है दिल, जैसे हो रही हो जलन,
पता नहीं कैसे बुझे यह मन की अगन,
खुद के रचाएं सोच में खुद बेचैन हुआ बैठा है मन,
पता नहीं अजीब सी है उलझन।

कशमकश के अजीब भवन्डर में फंसा है मन,
एक तरफ जलन दूसरी तरफ तपन,
मन को काबु करना जो होता आसान अगर,
ना होती इतनी बेचैनी ना बढ़ते दिल की धड़कन।

कल्याणी और आविष्कार कबसे घूमने जाने की तैयारी में लगे हुए थे, बस इन्तेज़ार था तो एक लंबी छुट्टी का, जो दिवाली के समय उनको मिल गई।

दोनों ने सोचा के एक गाड़ी लेकर खुद चलाते हुए जायेंगे तो ज्यादा अच्छा वक्त कटेगा।

बस क्या ऐसा ही किया छुट्टी होते ही दोनों निकल पड़े।

अविष्कार ने शायरी की:-

खुदा ने क्या खूबसूरत दुनिया बनाई है,
हर तरफ जिंदा फूलों से सजाई है,
कोई इन्हें प्यार से पनपने देता,
तो कोई इन्हें अपना है बनाता,
कोई इन्हें पैरों के तले रौंद देता,
तो कोई बेरहमी से धूत्कार देता,
इसमे ना कसूर है कुदरत की,
ना ही भूल फूलों के कुरबत की,
जिसने भी ऐसी हिमाकत की,
उसके पीछे मानो शैतान की परछाई है।
खुदा ने क्या खूबसूरत दुनिया बनाई है,
इसकी खूबसूरती बरकार रहे यही राह सिखाइ है।

मंज़िल आने से पहले रास्ते में एक जगह खाना खाने रुके तो एहसास हुआ के
मंज़िल थोड़ी और दूर है पर रात काफी हो गई,
तो आविष्कार और कल्याणी ने तय किया के वो पास कहीं रात गुज़ार लेंगे और
सुबह नाश्ता करके फिर निकलेंगे।

अविष्कार और कल्याणी पहली बार ऐसे पूरी रात एक साथ बाहर रुक रहे थे।

आविष्कार हल्का हल्का मुस्करा रहा था,
कल्याणी थोड़ा थोड़ा शर्मा रहीं थी,
आविष्कार सोचता है:-

इतना प्यार दूँ तुम्हें के मोहब्बत भी कम लगे,
इतना दिल में समाओ के आदत भी कम लगे,
कहने को मिल भी जाए जन्नत मगर,
इतनी खुशी दो के उसके आगे जन्नत भी कम लगे।

इतनी आरजू करो के मन्नत भी कम लगे,
इतनी परवाह करो के जरूरत भी कम लगे,
कहने को तो पल में सबकुछ लुटा दूँ तुम पर,
पर इतनी कुर्बानी दो के कुर्बानी भी कम लगे।

अगले दिन अपनी मंजिल पर पहुंच कर कल्याणी ने वादियों को देखकर एक दूसरे को गले लगाकर भगवान का शुक्रिया किया के वो एक साथ इतनी खूबसूरत जगह देख पाए।

वहां पहुंच कर कल्याणी खुश हो गई और भावुक हो कर एक ईच्छा ज़ाहिर किया के वो भविष्य में आविष्कार के साथ ऐसी ही जगह पर अपना घर बनाना चाहती है।

आविष्कार ने हामी भरी और कहा:-

आविष्कार:-

तेरा ही प्यार में हुआ हूं मलंग,
दिल में बस प्यार की है उमंग,
थाम कर मुझे उड़ चल मेरे साथ,
लेकर जुबान पर ज़ज्बातों के तरंग।

कल्याणी:-

मुझ पर चढ़ा है आप ही का रंग,
तुझ से मिलकर बनी में सतरंग,
तुझी से जुड़ा रहना चाहूँ हर पल,
तू ना हो तो ये जिंदगी हो बेरंग।
तेरे ही प्यार में मैं हुई हूं मलंग।

वैसे तो चाहने वालों के लिए हर दिन खास होता है, पर कुछ दिन होते हैं जिनको बार बार मानना जरूरी होता है।

यह इस बात की गवाह होती हैं के उनको एक दूसरे से कितना प्यार है और वो उनके लिए कितने खास हैं।

ऐसे ही कल्याणी के जन्मदिन पर अविष्कार और कल्याणी मंदिर गए थे:-

वहां कल्याणी को आंखें बंद करके हाथ जोड़े भगवान के सामने देख आविष्कार मन ही मन कहता है:-

दिल यह मेरा,
हो गया है तेरा,
आज यह तेरा हो चला,
जो कल तक था ठहरा।

दिल ये मेरा प्यार में महका,
आपके आने मन ये चहका,
आज हुआ है तेरा मलंग,
जो कभी कहीं ना बहका।

अब नारी तो नारी है, एक तो क्या सब पर भारी है।
कल्याणी देख लेती है अविष्कार को भावुक होते हुए, कल्याणी को अपनी तरफ देखते ही चेहरा दूसरी तरफ मोड़ कर अविष्कार अपने आँसू छुपा लेता है।
फिर कल्याणी को देख कर हंस कर खुद पूजा में लग जाता है।
अविष्कार के अंशों में इतना प्यार देख कर कल्याणी मन ही मन सोचती है:-

कभी सबको लगता तू अनजाना,
तो कभी जाना पहचाना सा लगता है,
कभी खाली आंखों से लगे दीवाना,
तो कभी बेगाना सा लगता है।

कभी तू लगे साँसों के जैसा,
तो कभी तू ठंडी हवा के झोंके सा,
कभी बस तुझी में ही सच्चाई दिखे,
तो कभी तू आंखों के धोखे सा।

शाम को छोटा सा जलसा रखा था आविष्कार ने, कुछ खास दोस्तों को बुलाया था।

रात को सब कल्याणी को फिरसे जन्मदिन की बधाई दे कर अपने अपने घर चले गए।

आखिरी मेहमान के जाते ही सोफा पर कल्याणी बैठ गयी, मेज पर आविष्कार पसर गया।

दोनों ने एक दूसरे को देखा और हसने लगे, कल्याणी भावुक होकर अविष्कार को गले लगा लिया और सोचने लगी:-

एहसास तेरा तारीफ के है काबिल,
वफा तेरे रगों में है शामिल,
प्यार तेरा अब जुनून बन चुका है शायद,
खुदा के फरमान की शायद हो रही हो तामील।

दिल में मेरे हो चुका है तू दाखिल,
प्यार मेरा सागर तो तू है वो साहिल,
बेचैन मेरी धड़कनों का सुकून बन चुका है तू शायद,
जागते सोते मेरे हर दुआ में है तू शामिल।

दो दिन बाद आविष्कार को पास के ही शहर में एक कवि सम्मेलन में बुलाया गया, वहां उसकी मुलाक़ात उसके पुराने दोस्त अजमल शैख फारूकी से हुई, दोनों साथ बैठे कुछ बातें की, फिर

अजमल को मंच पर बुलाया गया तो उन्होंने अपनी पहली कविता सुनाई जिसने अविष्कार को भावुक कर दिया:-

ओ आज़ाद परिंदे,

आज़ाद शहर के बाशिंदे,

तेरा पता बता,

अब यूँ ना सता,

आकार मेरे शहर से गुजर,

हमको भी आजादी का स्वाद चढा।

ओ आज़ाद परिंदे,

तेरा जो है सफर,

अलाह भी करे जिसकी कदर,

निहारे तुझको सब ऐ खुदा के बन्दे,

ओ मेरे अन्दर के आज़ाद परिंदे!

शाम को आविष्कार और कल्याणी बात कर रहे थे, तो आविष्कार बताता है के वो एक दिन बाद आएगा।

कल्याणी कहती है "जल्दी आना, मुझे तुम्हारी अभी से बहुत याद आने लगी है।"

यह कहकर वो फोन रखती है और सोचने लगती है:-

लम्हा दर लम्हा, दिन ब दिन,
साल दर साल, बस यही था सवाल,
के कब तू मेरे इतने करीब आया,
कैसे दिल ने तुझे अपना बनाया,
तूने छीन लिया मेरा हर एक शाम,
और उसपे लिख दिया अपना नाम,
उन यादगार शामों में तूने खूब सताया,
ना कब दिल ने तुझे यूँ अपना बनाया।

जब अगले दिन सुबह घर के लिए निकला तो अविष्कार को दूर से ही कोई उसीका नाम पुकारता सुनाई दिया, उसने मूड कर देखा तो तो उसके कुछ पुराने दोस्त वहीं खडे मिले।

उसने कुछ वक्त साथ बिताया फिर वो वापस चला आया आकर उसने कल्याणी सब बताया कैसे अचानक उसकी और उसके दोस्तों की मुलाकात हो गई।

आज अचानक से पुराने दोस्त मिले थे,
दोस्ती के वही पुराने सिलसिले थे,
हँसी के फुहारें और हंसने का था शोर,
खुशी का था माहौल चारो ओर,
हर तरफ यारों के काफिले थे,
आज नए राहों में पुराने दोस्त मिले थे।

पुराने पलों को थोड़ा याद किया,
यादों में कुछ पल बरबाद किया,
फिर निकले मिलने का वादा करके,
दोस्ती ने सफर को जो इतना आबाद किया।
पीछे देखा तो सबके चेहरे कितने खिले थे,
आज वापसी के राहों में पुराने दोस्त मिले थे।

कल्याणी और जानना चाहती थी अविष्कार के दोस्तों के बारे में, उसने पूछा "और कुछ बताओ, क्या क्या किया?"

कल्याणी की दिलचस्पी देख कर अविष्कार पिछले रात के किस्से सुनाने लगा।

कच्चे पक्के रंग में थे,

मस्ती सबके ढंग में थे,

कुछ तो था खास उस पल,

जैसे प्यासे किए होता हो जल,

हवाओं में खुशी का था असर,

बकवास बातें भी होती बेअसर,

प्यार और सम्मान सबके व्यंग में थे,

दोस्त सारे कच्चे पक्के रंग में थे ।

यह सुनकर कल्याणी मुस्कराने लगी और बोली सच में लड़कों की जिंदगी सरल होती है, चार दोस्तों के संग ही उसकी चमक दिखाई या देखी देखी जा सकती है। अच्छा अविष्कार ! तुम्हारे लिए प्यार की परिभाषा क्या है?

अमृत वो नहीं जो नश्वर को अमर बना दे,
अमृत वो है जो प्यासे की प्यास बुझा दे,
प्यार वो नहीं जो सिर्फ जीना सीखा दे,
प्यार तो वो भी है जो मरना भुला दे।

दोस्ती बस वो नहीं जो जन्नत दिखा दे,
दोस्ती वो है जो जहन्नुम से पीछा छुड़ा दे,
आशिक वो नहीं जो मोहब्बत के लिए जिंदगी लुटा दे,
आशिक वो है जो मोहब्बत को जिंदगी बना दे।

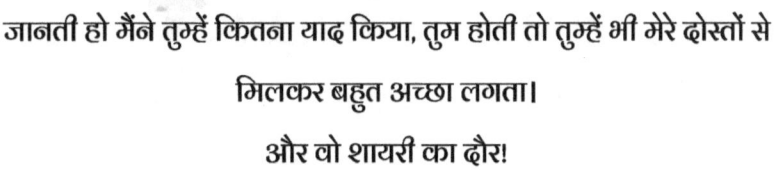

जानती हो मैंने तुम्हें कितना याद किया, तुम होती तो तुम्हें भी मेरे दोस्तों से मिलकर बहुत अच्छा लगता।

और वो शायरी का दौर!

वाह!

तुम होती तो तुम्हें सबके सामने मैं शायरी सुनाता।

कल्याणी ने कहा,"कोई बात नहीं अभी सुना दो। "

जब कभी तेरी याद आने लगती है,
धड़कनें यूँ ही तेज़ होने लगती है,
चाहे जहां भी रहूं, चाहे बंद हो साँस,
साँसें खुद ब खुद चलने लगती हैं।

जब भी एहसास की मशाल सी जगती है,
मौसम जैसे मेरे लिए बदलने लगती है,
अगर आंखों ना मिले तेरा नजारा तभी,
तो खुद ब खुद आंखें बहने लगती है।

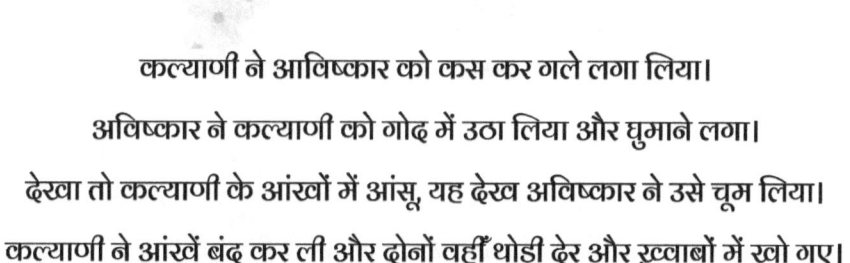

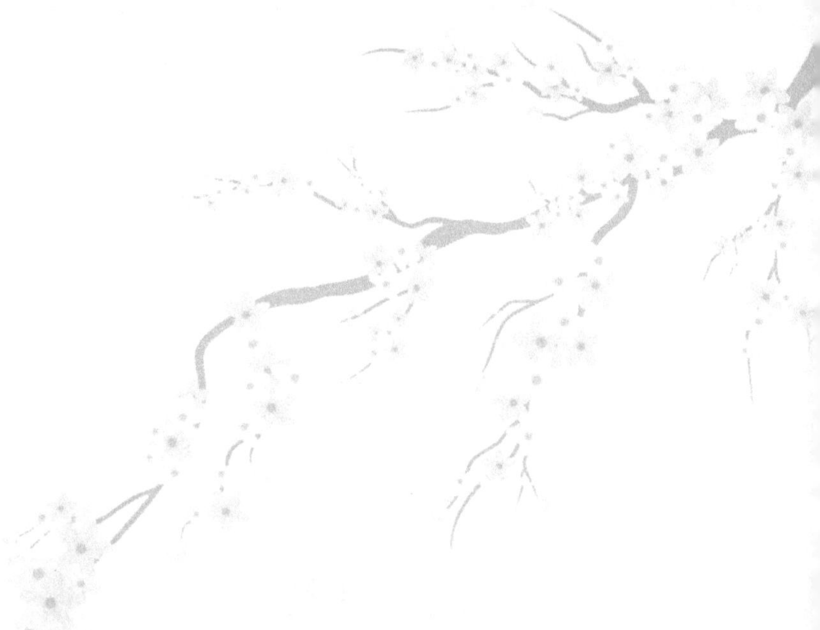

कल्याणी ने आविष्कार को कस कर गले लगा लिया।

अविष्कार ने कल्याणी को गोद में उठा लिया और घुमाने लगा।

देखा तो कल्याणी के आंखों में आंसू, यह देख अविष्कार ने उसे चूम लिया।

कल्याणी ने आंखें बंद कर ली और दोनों वहीं थोड़ी देर और ख़्वाबों में खो गए।

जाने तमन्ना, तुम्हारा ही बस खयाल है,

ऊपर वाले से मेरा बस एक ही सवाल है,

जो अगर उसने दिल दिया है हमको,

तो यह दिल और धड़कन क्यूँ तेरे गुलाम हैं।

दिल की धड़कनें तेरे पैगाम लेती,

जिंदगी आशिकी के मुकाम लेती,

कहने को है ये जिंदगी मेरी मगर,

हर लम्हा यह बस तेरा ही नाम लेती।

कुछ दिनों बाद फिर बारिश शुरू हो गई, आविष्कार और कल्याणी दोनों को बारिश बहुत पसंद है।

दोनों काम से आकर शाम को चाय लेकर बैठे बैठे बारिश का मज़ा ले रहे थे।

अविष्कार हल्के हल्के आवाज में कहता है:-

कहीं मैं प्यासा,

कहीं तू बारिश,

कहीं मैं ख्वाहिश,

कहीं तू ताबश,

कहीं पर मैं दिन,

कहीं तू ठंडी हवा,

कहीं पर मैं रात,

और तू रब की दुआ।

प्यार जिंदगी को जीने लायक बनाता है, प्यार ना हो तो जिंदगी और नर्क में कोई फर्क़ नहीं।

एक दूसरे के आंखों में एक दूसरे के लिए इतना प्यार देख कर दोनों बहुत भावुक हो गए और एक दूसरे को गले लगा लिया।

किसीने मुझे यह किस्सा सुनाया था,
मुझे जिंदगी का हिस्सा बनाया था,
शामिल करके अपनी जिंदगी में मुझे,
अपने दिल में खास जगह दिलाया था।

काफी थे एक दूसरे के करीब,
बन गए थे एक दूसरे के नसीब,
फिर आयी थी एक काली रात,
दे ना सका शायद उसका साथ,
कर्ज उसका उस दिन का रह गया,
आज चंद आँसुओं के साथ बेह गया,
कैसे ना कर सका उस पल को याद,
जब उसने मुझे अपनी जिंदगी बनाया था,
किसीने मुझे ये किस्सा सुनाया था।

कभी किसी को ऐसी खुशी ना मिली होगी के कोई किसीसे इतना प्यार कर सकता है।

हर बार जब भी कभी मौका मिलता है आविष्कार और कल्याणी दोनों अपने प्यार को एक दूसरे के लिए, जो असल में उनके दिल में है वो दिखवाने में नहीं चूकते।

दिखाई ना दे मुझे कोई तेरे अलावा,
क्या यह प्यार ही है या कोई छलावा,
खुश किस्मती से मिला है हमें यह एहसास,
भगवान को चढ़ाया होगा अनमोल चढ़ावा ।

हर तरफ बस तेरा ही तेरा हो असर,
दिल दिमाग पर तेरी यादें करे बसर,
इस मोहब्बत को मुकाम दिलाऊंगा,
इसे आशिकी से भी आगे ले जाऊँगा,
इसे निभाने में रखूँगा ना मैं कभी कोई कसर,
देती रहे जिंदगी इसे हमेशा बढ़ावा,
दिखाई ना दे मुझे कोई तेरे अलावा।

हर दिन हर पल वही काम वही चीज वही लोगों को देख देख कर रहना पड़ता है। लोग वही काम कर कर के जिंदगी में मायूस हो जाते हैं।

पर, "मैं अपनी सारी जिंदगी तुम्हारे साथ बिताना चाहता हूं, मुझे ऐसी जिंदगी नहीं चाहिए जिसमें तुम ना हो"
आविष्कार कहता है कल्याणी से।

फिर से वही आलम छा गया,
घूम फिर के मौसम वहीं आ गया,
वही पुरानी सड़क वही पुराने रास्ते,
वही पुराने सफर की याद दिला गया।

ये तो हमने ना सोचा था कभी,
ना किया किसीके उम्मीद कभी,
लौट आयेंगे सारे लम्हे यूँ फिरसे,
काटी थी सारी रातें मैंने तो अभी।

तुमसे मिलकर जिंदगी में आए ये पल,
जी लेता हूं इन्हें शायद मौका ना मिले कल,
तुमसे मिलकर सुकून सा आता है दिल को,
जैसे दूर से देखते हैं कोई कंवल।

रोजी रोटी कमाने में अपना एक अलग नाम बनाने में लोग इस कदर मशगूल हो जाते हैं कि उन्हें किसी और चीज़ का होश नहीं रेहता।

ऐसे ही बात हूइ जब आविष्कार अपने दोस्त दिलीप से बात कर रहा था ऐसे जिंदगी के बारे में।

यही है जिंदगी की कहानी,
कभी है ग़म तो कभी रवानी,
चाहे हो बेमतलब या हो सुहानी,
जैसी भी हो यह जिंदगी तो है बितानी।

ये अपने आप में एक पहेली सी है,
कभी अजनबी तो कभी सहेली सी है,
हो सका ना कोई चाह के भी जुदा इससे,
कभी ये रूह तो कभी हथेली सी है।
कितनी भी कर लो कोशिश,
छुटेगी कभी ना ये बंदिश,
यह तो जिंदगी की फितरत है पुरानी,
बस यही है जिंदगी की कहानी।

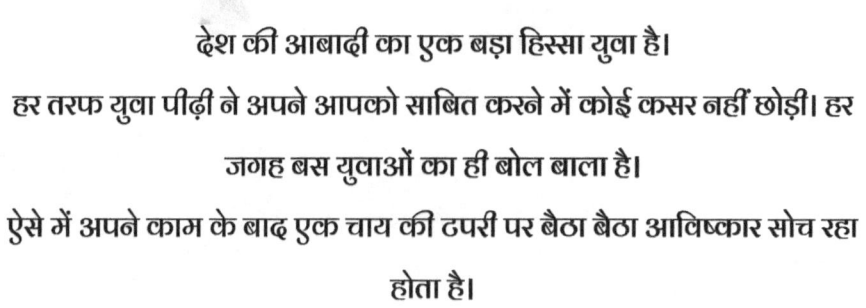

देश की आबादी का एक बड़ा हिस्सा युवा है।

हर तरफ युवा पीढ़ी ने अपने आपको साबित करने में कोई कसर नहीं छोड़ी। हर जगह बस युवाओं का ही बोल बाला है।

ऐसे में अपने काम के बाद एक चाय की टपरी पर बैठा बैठा आविष्कार सोच रहा होता है।

दिल होता तो है आवारा अगर,
होती इसे समझ दुनियादारी की,
चाहे हो क्यूँ ना यह बंजारा मगर,
कद्र करता है ये ईमानदारी की।

दिल होता तो है आवारा अगर,
खबर नहीं इसे जिम्मेदारी की,
बेचारा होता तो है मासूम मगर,
रखता है एहमियत् वफादारी की।

इन्तेज़ार एक ऐसी चीज है जो करने वाले को ज्यादा लगती है और कराने वाले को कम।

अब यहीं देख लो आविष्कार और कल्याणी एक खास शाम की तैयारी कर रहे हैं। कल्याणी तैयार हो रही है और आविष्कार उसका इन्तेज़ार कर रहा है, जो उससे किया नहीं जा रहा।

बस इन्तेज़ार और इन्तेज़ार,
कुछ और नहीं इस नसीब में शायद,
दिल हुआ जा रहा है बेकरार,
कदम रखा किसीने दिल की जमीन में शायद।
दिलकश एहसास है,
और बेबस हर लमहा,
ढूंढ रहें हैं हम निशान,
और खुद हो गए हैं तनहा,
इसकी वजह है सिर्फ प्यार,
और कुछ नहीं,
बेचैन हुए दिल का करार,
और कुछ नहीं।

इसी दौरान आविष्कार को वो वक्त याद आ गया जब कल्याणी अपने घर गई थी और यहां अविष्कार उसकी यादों में बैठा बैठा दीवाना हुआ जा रहा था। वो उसका इन्तेज़ार करता है के उसके आने के बाद वो उसे यह सब बता सके।

सिर्फ और सिर्फ तुम्हारी यादें हैं,
सांसें हैं और कुछ अनकही बातें हैं,
मैं हूँ तुम हो शाम है और आसमान के तारे,
तारों की चादर लिए यह हसीन रातें।
एक दूसरे के धड़कनें के साथ साथ,
जागता रेहता हूँ मैं रात रात,
पता नहीं दिल के क्या इरादें है,
सिर्फ और सिर्फ तुम्हारी यादें है।

दूरियां एहसास दिलाती है के कोई किसीके लिए कितना जरूरी है और उसकी जिंदगी में क्या एहमीयत् रखता है।

जब भी कभी जुदाई का सामना करना पड़ा है, तब तब प्यार और गहरा हुआ है आविष्कार और कल्याणी के बीच।

मेरा प्यार और ये जो मेरे एहसास,
दुनियां से हसीन और जिंदगी से खास,
साँसों ही साँसों में,
रोज़ के मुलाकातों में,
अक्सर प्यार भरी बातों में,
दिलों में और ज़ज्बातों में,
बढ़ा देती है दिलों की प्यास,
मेरा प्यार और ये जो मेरे एहसास।

जब जब दोनों दूर हुए हैं तब तब दोनों ने एक दूसरे को ख़त् लिखे हैं।
कुछ खत भेजे गए कुछ खत नहीं। कभी वक्त आड़े आया तो कभी जिम्मेदारी।
पर इस रात मौका है तो दोनों ने अपने अपने खत निकले जो भेजे नहीं गए थे।

जीते तो हैं ही तेरे लिए हम,
और मरना भी है तेरे साथ,
मंज़िल तक जाना तुझे लेकर,
बस हाथों में एक तेरा हाथ।

अनजाना डगर हो,
चाहे अनजाने लोग,
हमें ना कोई है फिक्र,
लगा है हमें प्रेम रोग।

बस इसी दीवानगी में बीत जाए हर रात,
जीते तो हैं ही तेरे लिए हम,
अब मरना भी है तेरे साथ।

उम्मीद!

ऐसे कैसे लोग उम्मीद लगा बैठते हैं? कैसे कोई भी अपनी सारी उम्मीदें किसी ऐसे इंसान पर लगा लेता है जिसको वो ठीक से जानता तक नहीं?

शायद यह उम्मीद ही है जो जीने का सहारा बनती हैं।

पर जब यह टूट जाया करती हैं तो बहुत दर्द देती हैं जो हाल ही में अविष्कार के दोस्त विजयन के साथ हुआ।

जिंदगी के चौराहे पर क्यूँ नहीं आई तुम,
बादल बनके आज क्यूँ नहीं छायी तुम,
समझा था तुम्हें अपना हिस्सा मैंने,
फिर खो क्यूँ गई बन कर परछाई तुम?

तेरा ही बस इन्तेज़ार किया,
तुझको कितना याद किया,
उसी पुराने मेज़ पर बैठ कर,
अपने पलों को बरबाद किया।
क्यूँ दे गई गहरी तन्हाई तुम,
बताओ क्यूँ नहीं आई तुम?

सपना!

सपना हमारी ही सोच की झलक है जो हम दोबारा अपने दिमाग में छायाचित्र की तरह देखते हैं।

हम जितना और जिसके बारे में सोचेंगे उतना और उसीके बारे में हमें सपने आना शुरू हो जाएगा।

अविष्कार कुछ इस कदर कल्याणी के खयाल में डूबा रेहता के अब वो उसके सपनों में भी आने लगी थी।

यूँ रंग बदलकर रोज़ सताती हो,
क्यूँ ढंग बदल कर होश उड़ती हो,
यह भी तेरा ही एक रूप है जाना,
कभी छाँव तो कभी धूप बन जाती हो।

कभी काग़ज के हैं फूल,
कभी पत्थरों के हैं धूल,
अपने आकार से दीवाना बनती हो,
रंग बदल कर जाना इतना क्यूँ सताती हो?

शादी एक ऐसा बंधन है जिसमें दो लोग सात जन्मों के लिए बंध जाते हैं। हमारे तुम्हारे विचार मिलें तो जिंदगी जीना आसान हो जाए। क्यूँ के एक से भले दो। इसी लिए अविष्कार ने सोचा के वो कल्याणी को शादी करने लिए पूछेगा।

पर कैसे?

सफर में ज़रा हमारे लिए रुकिए,
हमको अपना हमसफर कहिये,
चाहे मंजिल तक ना हो साथ आपका,
पर कुछ कदम तो हमारे साथ चलिए।

पता चलेगा आपको असलियत,
कितनी है आपकी एहमीयत्,
कभी तो ये ज़ज्बात समझाए,
ज़रा हमारे लिए तो रुकिए।

तेरे कदमों में होंगी खुशियां,
सर पे मेरे नसीब का ताज होगा,
तेरे दिल में हम कहीं हैं या नहीं,
इसका फैसला आज के आज होगा।

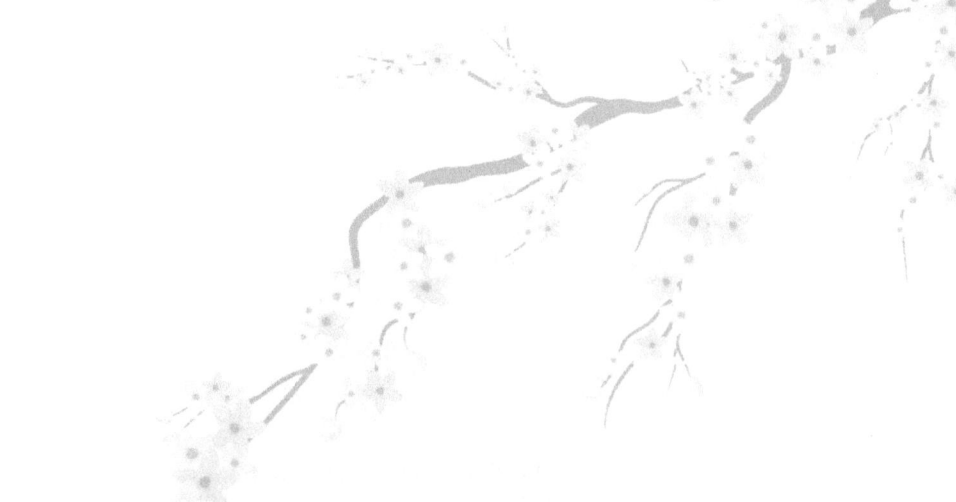

कल्याणी के हाँ कहने पर दोनों के ही खुशी का ठिकाना नहीं था। शाम को बाहर जाने का तय किया दोनों ने पर अविष्कार को नींद कहाँ आती। वो बैठे बैठे बस कल्याणी और अपने बारे में सोचता रहा।

क्या दिल में ये सोचा है कभी,
क्या होता होगा वो जो नहीं है अभी,
सागर भी तो कभी प्यासा होगा,
असर प्यार का उसपर भी तो जरा सा होगा,
खुदा की भी रही होगी कोई ख्वाहिश,
रेगिस्तान में हुयी होगी कभी बारिश,
किस्मत ने की होगी खुद की आजमाइश,
तभी तो उसके नसीब का खुलासा हुआ होगा,
यह सोचकर चक्कर को चक्का आया होगा।

सबकुछ आसान होता तो दुनिया में सबका राज होता। हमेशा जो हम करते हैं उसका सीधा असर भविष्य पर पड़ता है पर किस्मत जब सामने आती है तो तस्वीर बदलने देर नहीं लगती।

ऐसे ही थोड़ी समस्या खड़ी हो गई जब पता चला के कल्याणी के घर वालों ने भी एक लड़का उसके लिए पसंद कर लिया है।

क्यूँ चारो तरफ इतनी बेचैनी है,
जैसे अनकही कोई बात कहनी है,
मैं हूँ तन्हा बिन तेरे हर एक लम्हा,
बनकर बिजली दिल पे कड़कनी है।

ऐसा अक्सर जिंदगी में क्यूँ होता है,
बिन आँसुओं के यह दिल रोता है,
कैसी है यह बेचैनी सी ख़यालों में,
जैसे कोई मौत की नींद सोता है।

एक पल आता है जब इंसान खुद के लिए खुद खडा होता है। तब वो दुनिया का सबसे मजबूत इंसान बन जाता है। अविष्कार ने तय किया के अब वो घर पर पर बैठे बैठे उसके प्यार के लिए अकेले कल्याणी को लड़ने नहीं देगा ।

तो क्या अविष्कार निकल पड़ा कल्याणी के घर के लिए पहले गाड़ी पकड़ के।

तू ही मेरे दिल के ख़यालों में है,
जवाब बनकर हर सवालों में है,
तू मिली है जन्नत के जैसी मुझे,
पूरे हुए मुराद जो के सालों में है।

अब से तेरा ही एक सुरूर होगा,
तू ही मेरे दिल का गुरूर होगा,
अगर तुझे ना पा सका यह दिल,
तो मेरा बहुत बड़ा कसूर होगा।

कसूर प्यार के बादलों में है,
पर बादल तो तेरे बालों में है,
हर जगह बस तू ही दिखे मुझे,
तू ही मेरे हर एक ख़यालों में है।

अपने घर वालों के सामने बात करना एक लड़के के लिए फिर भी आसान है पर एक लड़की के घर वालों से बात करना और तब जब उनके घर उन्हीं की बेटी को देखने, उन्हीं के पसंद का लड़का आया हो।

यकीन मानिये इस हालत से लड़ने से अच्छा आप आसमान से छलांग लगाना पसंद करोगे।

पर किसी तरह बात करली आविष्कार ने। सबकी चुप्पी समझ आ रही थी पर कल्याणी की चुप्पी को समझने की कोशिश में लगा था अविष्कार।

ना जाने यह दिल क्या क्या सोचता है,
खुद ही अपने यादों को क्यूँ खरोंचता है,
इसको समझ पाता नहीं,
भुलाया भी तो जाता नहीं,
छुपाता है यह अपने एहसास,
हाल ए दिल भी तो बताता नहीं।

रेहता है अकेला अकेला,
जैसे हो तन्हाइयों का मेला,
पता नहीं रूह को अपने क्यूँ नोंचता है,
ना जाने यह दिल क्या क्या सोचता है।

तब नज़र जो उठाई कल्याणी ने तो और कुछ बोलने की जरूरत नहीं थी। वो आंखों की चमक ही काफी थी के सारे सवाल हठ जाए दिमाग से।

वो मेरे लिए जो गर्व था उन आंखों में वो सिर्फ एक पत्नी का अपने पति के लिए ही हो सकता है।

तू तो मेरे जीवन की परछाई है,

हमेशा छाया सी बनके आयी है,

खुशियाँ देखा और कभी ग़म भी,

हंसाया मुझे जब भी आंखें नम थी।

तू मेरा है हमसफर,

हम तेरे हैं राहगुज़र,

तू बनी वजह मेरे मुस्कराहट की,

तेरे से ही खुशनसीबी का है बसर।

जब प्यार बेशुमार हो तो प्यार करने वालों को कुछ नज़र नहीं आता। ना लोग, ना जगह, ना माहौल, ना मौका और ना लिहाज।

दौड़ के दोनों ने एक दूसरे को गले लगा लिया और बाकी सब जो आंगन में खडे तो वो घर के अंदर घुस गए।

तेरी आवाज़ मेरे लिए दुआ है,
तेरी पुकार है खुदा का फरमान,
तुझसे प्यार करना जुनून है मेरा,
तुझे बाहों में बसाने का है अरमान।
हर तरफ बस तू ही तू,
तेरे लिए तड़पे मेरी रूह,
मतलब तेरे इकरार से था,
अब जाके कहीं मिले मेरे सुर।

शादी के दिन हर कोई खुश रेहता है। किसीको परिवार के खुशी से खुशी मिलती है, कोई दोस्तों को देख कर खुश हो जाता है। किसीको अच्छे कपड़े पहन कर खुशी मिलती है तो किसीको अच्छा खाना खा कर।

लेकिन जिसने प्यार अपने दम पर जीता हो उसको खुशी होते है अपने प्यार की जीत पर।

सिर्फ तुम ही हो और बस तुम,
मैं हूँ के तुम में हो गया हूँ गुम,
कोई अनमोल नहीं है जिंदगी में,
तू है मेरी बेचैन धड़कनों का सुकून।

यह एक नया हसीन एहसास है,
कभी ना मिटे यह ऐसी प्यास है,
तेरे ही आगे इकरार किया मैंने,
बस तुझीसे सच्चा प्यार किया मैंने,
प्यार के बदले प्यार मिलने की आस है,
यह एक नया हसीन एहसास है।

सब सही से बिना किसी अड़चन के हो जाये यह सबकी मनसा रहती है और जब बड़ों का आशीर्वाद रहे तो सब मंगलमय होने से कोई नहीं रोक सकता।विवाह संपन्न हुआ।

अब दिलवाले दुल्हनिया ले जा रहे हैं।

धड़कनों ने जब दिल से पूछा,
बता दुनिया में प्यार है कितना,
दिल मुस्कुराया हंस के बताया,
धड़कनों को एक किस्सा सुनाया,
उन्हें प्यार का मतलब समझाया,
प्यार को दो मीठे बोल गुनगुनाया।

दुनिया में प्यार है उतना,
सागर में पानी है जितना,
हवा की जितनी है पहुंच,
बताओ उसका हिसाब है कितना।

अब एक दूसरे की उपाधि बदल चुकी थी। कहानी वही थी, उपमा बदल चुकी थी। कभी प्रेमी हुआ करते थे अब पति और पत्नी बन गए। एक दूसरे के तो थे अब एक दूसरे के सब कुछ बन गए।

शादी के बाद पति पत्नी के तौर पर उनकी पहली रात थी आज।

तुझे प्यार मैं करता रहूं,
तुझे अपना मैं कहता रहूं,
तू बसे मेरे धड़कनों में सदा,
तेरे साँसों में मैं बेहता रहूं।

सिर्फ़ तेरा मेरा साथ हो,
खुशनुमा हर रात हो,
तुम रहो और मैं रहूं,
बस प्यार की बरसात हो।
इसी बारिश में भीगता रहूं,
तुझे प्यार मैं करता रहूं।

चादर एक ही है, बिखरे बाल, कपड़ों का ना कोई ठिकाना है। एक दूसरे के आगोश में दोनों ही कहीं खो गए हैं इस दुनिया से परे।

अविष्कार और कल्याणी ने कभी तो यह बात की होगी के शादी के बाद पहली रात वो कितना खास बनाना चाहते हैं और इसी चाहत को सच करने को कोई कसर उन्होंने नहीं छोड़ी।

बेशुमार प्यार का अंजाम है ये,
प्यार के हाथ खुशी का जाम है ये,
मैंने तो उनके कुछ पल ही थे मांगे,
सारे शामों से हसीन शाम है ये।

मोहब्बत का दूसरा नाम है ये,
इस दीवाने का तो काम है ये,
जो मांगा था सब हुआ कबूल,
बेइंतहा इश्क का परिणाम है ये।

पहली रात की पहली सुबह भी खास होती है। अपने प्यार को अपने बाहों में देख कर जो खुशी मिलती है वो खुशी इस दुनिया से परे है। सुबह जब कल्याणी ने आंखें खोली तो अविष्कार को अपने सामने पाया। वो बड़े प्यार से खाना बनाकर लाया था और कल्याणी के पास लेटे लेटे उसे बड़े प्यार से निहार रहा था। कल्याणी मुस्कराई थोड़ी शरमाई और आविष्कार को गले लगा लिया।

जिंदगी का हिस्सा नहीं,
जिंदगी बन गई हो तुम,
पल भर का किस्सा नहीं,
बंदगी ही बन गई हो तुम।

तू ही हर पल आँखों में है,
मोड़ सी बनकर राहों में है,
अब तुम हो तुम ही बस हो,
दिल तुम्हारे प्यार के पनाहों में है।

www.ingramcontent.com/pod-product-compliance
Lightning Source LLC
LaVergne TN
LVHW041935070526
838199LV00051BA/2792
* 9 7 8 9 3 6 4 5 2 4 3 1 5 *